Emmanuel Villin

Kim Philby et moi

roman

Stock

Couverture Le Petit Atelier
Photographie de la bande : Shams building,
avenue Charles-de-Gaulle, Beyrouth
(architecte : Joseph Philippe Karam, 1957).

ISBN 978-2-234-09565-6

« J'aimerais qu'il existe des lieux stables, immobiles, intangibles, intouchés et presque intouchables, immuables, enracinés ; des lieux qui seraient des références, des points de départ, des sources. »

Georges Perec

« Les hommes qu'un problème finit par obséder ne sont pas les plus à même de le résoudre. »

Cyril Connolly

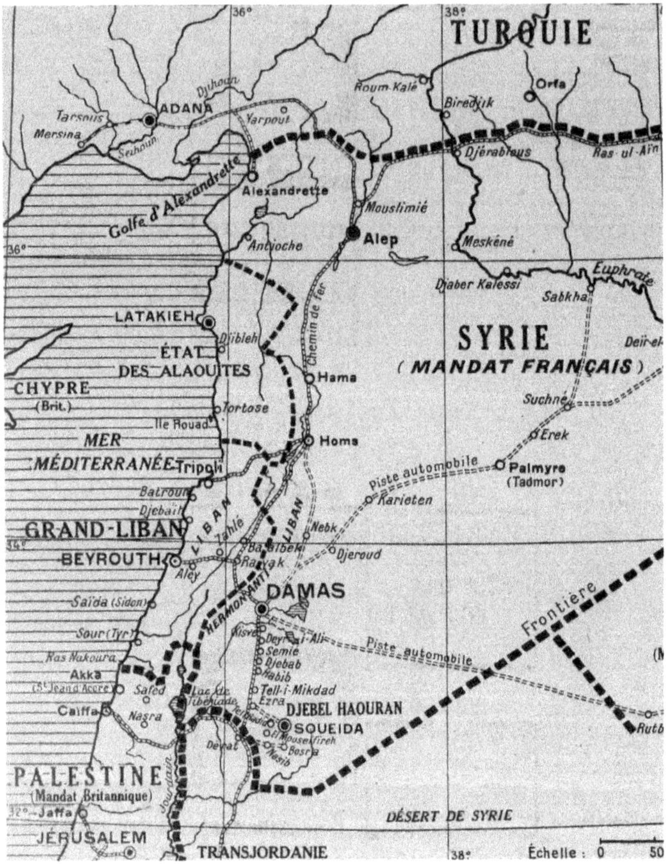

0 50 100 kilomètres

Carte des territoires placés sous mandat français en Syrie, 1925.

Source : *Excelsior*, 1er novembre 1925.

Où le narrateur se découvre une vocation et cherche l'aventure

Si l'on exclut un goût prononcé pour le whisky et les vestes en tweed, j'ai au moins ceci de commun avec Kim Philby que nous avons l'un et l'autre été à un demi-siècle d'écart correspondants de presse à Beyrouth. La comparaison s'arrête sans doute ici dans la mesure où, à la différence du plus célèbre agent double du XXe siècle, je n'ai pas, autant que je sache, trahi mon pays.

Je ne suis évidemment pas le seul à avoir été journaliste au Liban, nous formons même une petite communauté à défaut de composer une amicale, tant ce pays a suscité, au fil de ses quinze années de guerre civile et des différentes répliques de celle-ci, l'attention des médias du monde entier, concentrant ainsi sur son territoire ce qui dut être à l'époque la plus forte densité de reporters au kilomètre carré. L'image de certains d'entre eux retenus en otage a d'ailleurs marqué les mémoires, en particulier en France où, des années durant, on put voir incrustées, dans le coin supérieur de nos écrans diffusant le journal télévisé, les têtes de ces malheureux surmontées du décompte de leurs jours de captivité. La litanie de leurs noms prononcés chaque soir avec gravité me fascinait autant qu'elle me terrorisait, de sorte qu'elle supplanta chez moi celle de John, Paul, George et Ringo, ce qui n'était pourtant pas gagné vu mon éréthisme pour les quatre Liverpudliens. Certes les uns et les autres affichaient les mêmes visages barbus, mais c'était là leur seule ressemblance. À mesure que les mois et les années passaient, les photographies des détenus fournies par leurs ravisseurs étaient mises à jour et témoignaient des privations et des mauvais traitements qu'ils subissaient.

Ces « zotageolibans » ainsi que je croyais l'entendre – je n'étais visiblement pas le seul, A. me confierait avoir elle aussi fait l'amalgame sémantique – ont laissé une trace dans l'imaginaire collectif français, de sorte que nombreux sont ceux qui associent encore aujourd'hui Beyrouth à ces événements et plaquent leurs souvenirs télévisés sur une ville qui a changé depuis la fin de la guerre et son entrée dans le nouveau millénaire, en dépit des catastrophes qui continuent de s'abattre sur elle.

Des années plus tard, je croisai sur un quai de gare l'un de ces journalistes qui avaient été kidnappés au Liban dans les années 1980. J'osai lui adresser la parole et lui confiai qu'enfant il m'avait impressionné au point de vouloir suivre ses pas. Je gardais de lui une image très précise, celle d'un homme qui n'avait rien d'un baroudeur, plutôt menu, toujours bien coiffé, vêtu de chemisettes bleu ciel impeccablement repassées, tentant, au coin d'une rue entravée par un barrage tenu par des miliciens, et ce en quelques minutes d'antenne, de nous expliquer les méandres du conflit libanais. Toujours aussi courtois et discret, Philippe Rochot, puisque c'est lui dont il s'agit, m'adressa un large sourire empreint de timidité et me serra la main, apparemment touché qu'enfant j'aie rêvé de devenir lui et non pas Batman ou McEnroe (si le premier ne m'a jamais attiré, je me gardai de lui dire que le second avait longtemps été mon idole). Nous avions continué notre discussion dans le train et je fus surpris, une fois arrivés à Paris, de constater que sa femme l'attendait à la gare comme on attendrait un enfant qui aurait voyagé seul, lui qui avait couvert à peu près tous les conflits du

Moyen-Orient, ceci expliquant peut-être cela. Je le croiserais de nouveau par hasard, lui accompagné de son épouse, moi de ma fille, au cimetière du Montparnasse, tout près de la sépulture de Jacques Chirac devant laquelle un homme, vêtu d'un qamis et le crâne enserré dans un keffieh, récitait à pleins poumons la *salat al-janaza*, la prière funéraire musulmane, en hommage à ce président dont les positions ont souvent été perçues comme favorables aux Arabes en général, et aux Palestiniens en particulier, ces derniers ayant d'ailleurs baptisé une rue à Ramallah d'après lui, révisant au passage son nom de baptême, puisque sur le panneau indiquant la voie en question il est inscrit « Jack Chirac Street ».

C'est ce même Chirac, alors Premier ministre, qui avait accueilli le 4 mai 1988, soit durant l'entre-deux-tours de l'élection présidentielle, Marcel Carton, Marcel Fontaine et Jean-Paul Kauffmann à l'aéroport de Villacoublay après leur libération, escomptant que cette issue heureuse lui permettrait de rattraper son retard face à Mitterrand. Je me souviens de ces trois hommes, vêtus du même blouson aviateur kaki à col fourrure que je jalousais déjà, descendant d'un Falcon 50 comme l'auraient fait des rock stars. Pour la première fois leurs silhouettes entières s'animaient sur l'écran après avoir été trois ans durant réduites à des bustes figés. Kauffmann, avec ses sourcils en accent circonflexe et son large front, avait marqué un temps d'hésitation : une fraction de seconde, il n'avait pas reconnu son fils qui s'était précipité vers lui, ce fils qui avait peu ou prou mon âge et qu'il n'avait pas vu depuis trois ans. Il s'était ensuite adressé à la presse, consacrant la quasi-totalité de son émouvante intervention à Michel Seurat, son codétenu disparu en captivité.

D'aucuns ont pu soupçonner un calcul politique dans la date de libération des otages. Je me garderai d'étayer cette thèse ou de la contredire, mais j'estime en revanche que la mort de Kim Philby survenue une semaine plus tard peut raisonnablement être mise sur le compte de la coïncidence. Ce qui est certain, c'est que les deux informations se télescopèrent dans ma tête, de sorte que Beyrouth, journalisme et espionnage avaient tendance à s'y confondre. C'est ainsi que je me passionnai pour la vie de Harold Adrian Russell dit « Kim » Philby. J'entrepris de lire tout ce que je pouvais au sujet du Britannique, quoique mon jeune âge m'interdît de saisir la complexité des enjeux géopolitiques dont il fut l'acteur. Je retenais néanmoins qu'il était devenu la figure mythique de l'agent double et que sa trahison, puis sa défection à l'Est, constituaient l'opération d'infiltration la plus audacieuse jamais accomplie et continue jusqu'à aujourd'hui de hanter les services britanniques. Qu'un homme ait pu ainsi tromper son monde durant trente ans me fascina instantanément, sans compter que tout ce qui pouvait de près ou de loin emmerder les Anglais était, pensais-je, bon à prendre tant ces derniers ne se privent pas de nous mépriser.

Tout ceci agitait mon imagination, laquelle se nourrissait déjà d'un contexte familial teinté sinon par le secret, du moins par les non-dits, lesquels sont propices aux interprétations les plus diverses. L'un d'eux concernait le Liban, dont il était de temps à autre question à la maison, sans que je parvinsse à percer ce mystère, le propre du non-dit étant qu'on ne l'interroge pas. Je collectais des indices çà et là – des coups de téléphone où il était question de la Middle East Airlines, des livres sur la guerre civile, des artefacts orientaux, la moustache saddamhusseinienne de mon père – à partir desquels je tentais de tirer des conclusions plus ou moins funambulesques.

Mon état de confusion était également entretenu par le fait que les journalistes et les espions opèrent souvent sur les mêmes terrains, les seconds se faisant parfois passer pour les premiers afin de masquer leurs activités réelles, au point que des preneurs d'otages n'hésitent pas à mettre en avant cette pratique pour justifier leurs forfaits, punissant ainsi d'innocents reporters. Innocent, Kim Philby ne l'était assurément pas lorsqu'il usa de cette couverture en Espagne, en France puis au Liban au tournant des années 1960. Si des articles et des analyses, généralement bien renseignés, étaient publiés sous son nom dans la presse anglaise, c'était avant tout pour lui le moyen d'obtenir de précieux renseignements qu'il communiquait ensuite en deux versions, l'une aux Britanniques, l'autre aux Soviétiques.

En bon enfant de la guerre froide, mes lectures, les histoires que je me racontais, les films que je regardais à la télévision, mettaient très souvent en scène des espions. À l'archétype de la virilité et du machisme qu'était encore le cow-boy à cette époque, modèle privilégié de mes camarades d'école et qui s'affichait jusqu'au dos des magazines sous les traits du *Marlboro Man*, je préférais la figure de l'agent secret, dont j'admirais la noblesse, le dévouement, l'ingéniosité, malgré les quelques pratiques douteuses qu'impliquait ce métier.

On ne s'étonnera pas, compte tenu de ce qui précède, qu'une fois mes études en science politique terminées, et suivant les conseils d'un ami qui selon ses dires venait de rejoindre la DGSE, j'approchasse à mon tour les « services ». Sans que je sache si mon camarade m'avait savonné la planche, s'il avait fait preuve d'une incompétence crasse ou si ma candidature avait tout simplement été rejetée du fait de mon admiration pour un traître, de mon appartenance à un groupe de rock alternatif ou de ma participation à une manifestation étudiante – j'excluais que mes aptitudes aient pu être jugées insuffisantes –, toujours est-il que mes démarches n'aboutirent pas. L'hypothèse qui me semble aujourd'hui la plus probable est que cet ami fût un parfait mythomane.

Philby, lui, n'avait pas eu à se tracasser : il pouvait compter sur son ami Guy Burgess, fils de bonne famille comme lui, éduqué comme lui à la prestigieuse université de Cambridge, qui avait rejoint les services secrets à la veille de la Seconde Guerre mondiale puis soufflé à ses chefs le nom de son camarade. En haut lieu, personne ne se doutait que les deux jeunes hommes, brillants et distingués gentlemen, avaient embrassé la cause marxiste durant leurs études puis été secrètement recrutés par l'URSS en 1934, qui faisait alors figure de seul rempart aux deux fléaux de l'époque : le fascisme qui menaçait l'Europe et le capitalisme qui avait plongé le continent et le Royaume-Uni dans une crise sans précédent. Avec Donald Maclean, Anthony Blunt et John Cairncross, trois anciens de la même très sélecte institution, ils formeront le groupe d'espionnage que la presse désignera sous le nom des « Cinq de Cambridge », qui sera au cœur du plus grand scandale de l'histoire des services secrets de Sa Majesté. Victime de son arrogance, le MI6 était tombé dans le piège tendu par le NKVD, l'ancêtre du KGB, pour qui l'appartenance de ces jeunes gens à l'*upper class* constituait la meilleure des couvertures. Il ne restait plus aux Soviétiques qu'à attendre l'accession de leurs recrues au sommet de l'establishment britannique, avec leur pedigree pour laissez-passer.

Dépourvu de sens politique – j'avais un temps mollement soutenu Raymond Barre – et ne pouvant compter sur de tels appuis pas plus que sur mon arbre généalogique, je passai au plan B, lequel consistait à envoyer ma candidature aux grands organes de presse, dans la perspective que l'un d'eux m'envoyât en reportage à l'autre bout de la planète où je pourrais jouer les « honorables correspondants », ainsi que l'on désigne pudiquement les agents occasionnels des services secrets français. Je ne reçus à mon grand désarroi que de rares propositions de stages en province auxquelles je ne pris même pas la peine de répondre. L'aventure ne venant pas à moi, je me décidai dès lors à la provoquer.

Où l'on apprend que réfléchir c'est désobéir

«J'ai soif d'aventure.» Sous ce slogan, qui aurait aussi bien pu vanter les vertus d'une boisson énergisante, se tenait un officier de marine, debout sur le pont d'un navire, le regard tourné vers l'horizon, attitude qui eut sur moi le même effet que le doigt pointé de l'oncle Sam sur un futur GI. En bas de l'affiche que je découvris un matin dans le couloir du métro parisien figurait un numéro de téléphone que j'inscrivis au dos d'une énième lettre de refus d'un célèbre magazine reçue la veille. La Délégation à l'information et à la communication de la défense avait atteint sa cible puisque je décidai sur-le-champ de devancer mon appel sous les drapeaux, ce qui, au tournant du millénaire, relevait de l'inconscience, tant il était aisé de se faire réformer, à plus forte raison depuis que Chirac – devenu entre-temps président et qui fait ici sa dernière apparition – venait de fixer la suspension du service militaire à l'année suivante. Dès lors, consentir à faire l'armée vous exposait *de facto* à passer soit pour un masochiste, soit pour un fétichiste de l'uniforme, plus généralement les deux à la fois. Bien que je ne pusse être suspecté ni de l'un ni de l'autre, de retour chez moi, j'appelai le ministère de la Défense et me renseignai sur la marche à suivre pour m'acquitter de mon devoir envers la patrie. Je précisai à toutes fins utiles que je désirais non pas apprendre à tirer au bazooka – « lance-roquettes antichar de courte portée », me corrigea mon interlocutrice –, mais servir à l'étranger en tant que coopérant. Ma démarche, dont je taisais le mobile, consistait à décrocher un poste au sein d'une ambassade, afin de me mesurer au terrain et de me projeter ensuite dans une carrière de reporter, premier pas, espérais-je, vers celle d'espion. Au pire des cas, je passerais un an au soleil aux frais de la République, issue possible que je pris également le soin de taire. L'enseigne de vaisseau Guillemot félicita mon sens de l'engagement et prit note de mes desiderata. Avais-je une préférence pour la zone ? Au bout du fil, on me dressa la liste des pays offrant un poste, parmi lesquels le Liban. Je répondis instantanément, trop craignis-je, que cette destination me convenait tout à fait. Très bien, je reviendrai vers vous en temps utile, me promit l'officier.

Repos.

À peine avais-je raccroché que je m'imaginais déjà dans un salon de la Résidence des Pins à Beyrouth, demeure de l'ambassadeur initialement bâtie pour abriter la Société du Casino-Club ottoman, salon qu'un ventilateur à larges pales suspendu au plafond viendrait rafraîchir moelleusement, cependant que je deviserais de la situation politique locale – forcément instable – et des intrigues de palais en cours avec un attaché militaire ou un conseiller diplomatique, confortablement assis dans des fauteuils en teck disposés en face d'une table basse supportant des carafes d'alcool aux teintes ambrées.

Je déchantai hélas vite lorsque je reçus, quelques semaines plus tard, mon ordre d'incorporation au 5e RG (régiment du génie, on ne parle qu'en sigles à l'armée comme je l'apprendrais bientôt), spécialisé dans les travaux de voies ferrées et non dans les manœuvres en mer Méditerranée comme je m'y attendais. C'est donc dépité que je répondis à la convocation m'invitant à me présenter dans un camp militaire lugubre de la banlieue parisienne, où l'on me remit mon paquetage contenant, outre le treillis réglementaire, un survêtement en matière synthétique bleu électrique et une paire de tennis interdisant tout exploit sportif. Je me présentai affublé de rouflaquettes et de lunettes de soleil d'une autre époque, ce qui me valut d'être rebaptisé par mes nouveaux camarades Trapper John, mes codétenus de la caserne jugeant aimablement que je ressemblais au chirurgien barré joué par Elliott Gould dans le film *M*A*S*H* (encore un sigle pour *Mobile Army Surgical Hospital*). Je n'étais pas le seul à me voir gratifié d'un surnom plus ou moins bien trouvé, puisque mes deux voisins immédiats de chambrée répondaient à ceux de Géant Vert et Big Marlon, l'un pour sa ressemblance avec la mascotte publicitaire d'une marque de maïs en conserve, l'autre pour son mutisme et sa trogne qui rappelait instantanément celle de l'acteur de *Sur les quais*.

Je profitais des nombreuses heures que j'avais à perdre (nous ne fichions presque rien, mais étions tenus de le faire au garde-à-vous) pour lire en cette fin de millénaire le roman fin-de-siècle *À rebours* que j'avais apporté avec moi, estimant malin de préférer ce livre décadent dans lequel il ne se passe pas grand-chose à, par exemple, *Grandeur et servitude de la vie militaire* d'Alfred de Vigny, comme Antoine Doinel dans *Baisers volés*, que je venais de revoir à la Cinémathèque pour me préparer à la vie de régiment. Il s'agissait plus sûrement d'en mettre plein la vue aux biffins que je supposais injustement incultes et avec qui je devrais partager ces quatre semaines de lavage de cerveau. Le mien resterait pour sa part totalement rétif à la marche au pas de l'oie, mon pied claquant toujours le sol à contretemps, ce qui me valut un autre surnom, Fred Astaire, donné par le sergent instructeur découragé par autant de je-m'en-foutisme et d'incompétence, lesquels se vérifieraient plus tard lorsqu'à l'occasion d'un exercice de tir au Famas j'abattrais sans sourciller un lieutenant-colonel qui passait par là (les balles étaient à blanc).

Au cours de ces quelques semaines de « classes », j'appris pêle-mêle à dormir avec une cinquantaine de types ronflant à l'unisson comme une centrale nucléaire, rendant indispensable le port de BAB (bouchons antibruit), à plier ma TAT (taie amovible de traversin), à cirer mes BMJA (brodequins de marche à jambières attenantes, le nom savant des fameuses rangers), à beugler des chants coloniaux et, le plus important, à retenir que « réfléchir, c'est désobéir ». Je psittacisais donc servilement, mais n'en pensais pas moins sous mon béret bleu marine, que je roulais et glissais à l'occasion sous la patte d'épaule de ma veste d'uniforme. Cette coquetterie avait le don d'agacer le sergent-chef, lequel me rappelait que c'était là une pratique de l'armée israélienne – ce qui ne manquait pas de sel vu la suite de mes aventures –, tandis que l'armée française avait décrété, par souci d'originalité ou pour toute autre raison qu'elle avait jugée bonne et donc indiscutable, que le couvre-chef devait être glissé dans la poche cargo du pantalon « F2 ».

Mes éphémères frères d'armes et moi venions des quatre coins de la France et avions tous suivi des parcours différents. Des ophtalmologues en treillis côtoyaient des ingénieurs agronomes en short kaki, des informaticiens au crâne rasé rampaient sous les barbelés à la suite d'un petit groupe de maïeuticiens, désignation masculine du métier de sage-femme, et je me demandais ce que les cinq ou six représentants de cette noble profession pourraient bien fabriquer au cours de leurs dix mois sous les drapeaux. Pour ma part, je cultivais le mystère sur mes études autant que sur mes intentions, me plongeant dans la lecture de Huysmans entre deux exercices de montée à la corde, au bas de laquelle je restais invariablement les deux pieds collés au sol, au grand désespoir du lieutenant, qui me fit grâce de ne pas me surnommer Tarzan devant le régiment.

Mes piètres performances me désignant comme le parfait candidat pour jouer les sentinelles de quelque camp militaire désaffecté, je fis tout mon possible afin d'éviter ce funeste sort. Je me rendis régulièrement dans la cabine téléphonique à pièces au rez-de-chaussée du réfectoire – réfectoire dont on nous déconseilla de boire l'eau contenant supposément du bromure censé troubler nos performances sexuelles – pour appeler non pas une fiancée imaginaire comme je le laissais croire à mes camarades, mais l'enseigne de vaisseau Guillemot, mon contact au ministère de la Défense. Parvenant enfin à la joindre, j'évitai de lui faire porter la responsabilité de mon échec, et lui rappelai mon désir de servir la France au-delà de ses frontières. Après quelques sueurs froides lorsque j'appris que c'était en Lituanie qu'on envisageait de m'envoyer, l'officier parvint à sauver l'affaire en me décrochant *in extremis* le poste au Liban comme je l'en avais supplié. C'est ainsi qu'à l'instar de Kim Philby, j'obtins en douce une affectation sur les rives de la Méditerranée au lieu d'être envoyé comme nombre de mes camarades conscrits à Mourmelon, si tant est que cette caserne, dont le nom planait comme une menace durant toute la durée des classes, existât vraiment. Reste que je n'eus plus jamais de nouvelles de Géant Vert ni d'aucun autre des appelés que j'avais côtoyés au 5e RG.

Avant mon départ pour le Proche-Orient, je suivis quelques cours au ministère de la Défense, à Saint-Germain-des-Prés, où je me rendais vêtu de mon treillis camouflé qui tranchait avec les costumes cintrés des minets du quartier, et où l'on m'enseigna le comportement qui était attendu d'un soldat français à l'étranger – en gros, saluer ses supérieurs et utiliser des capotes anglaises –, mais aussi à détecter une attaque NBC (nucléaire, bactériologique, chimique) et à recueillir du renseignement humain, retenant au passage l'adage du commandant chargé de mon instruction selon lequel « l'endroit le plus sombre se trouve sous le réverbère », obscure formule qui me laissa longtemps perplexe.

Une fois formaté, on me remit un « passeport de service », l'intermédiaire entre le classique et le diplomatique, document censé m'éviter les tracas des porteurs du premier, sans pour autant me conférer la protection des détenteurs du second. Après un séjour express à l'École militaire, dans le très chic VIIe arrondissement de Paris, où je passai davantage de temps à disputer des matchs de football sur les pelouses et sous le regard de hauts gradés indignés qu'à m'exercer au tir, on me remit mes insignes de sous-lieutenant (mon expatriation me valait de passer sans effort ni mérite de soldat du rang à officier) et un billet d'avion pour Beyrouth (en classe éco, il ne fallait pas non plus rêver). Fin août, j'embarquai en tenue civile et avec des idées simples à l'aéroport de Roissy-Charles-de-Gaulle, général éponyme qu'avait fidèlement servi mon grand-père.

Des personnages mythologiques et des animaux fantastiques

Évidemment, Beyrouth, ça respire l'espionnage à tous les étages et j'espérais que mon surclassement au grade de sous-lieutenant ainsi que mon passeport de service me permettraient de passer par la fenêtre du renseignement, ma tentative d'entrer par la porte ayant été injustement repoussée. Au lieu de quoi, une tout autre mission, à mille lieues de mes aspirations, me fut confiée. Le colonel Bouvreuil, qui occupait le poste d'attaché militaire, me reçut au lendemain de mon arrivée dans ses bureaux sur les hauteurs de la ville. Les bâtiments, loin de ressembler à un poste de commandement sophistiqué, ressemblaient davantage à une école de quartier. L'ensemble était néanmoins fortement sécurisé, l'un des prédécesseurs du colonel s'étant fait descendre juste devant le portail quelques années plus tôt, portail à travers lequel je me glissais dans le sillage d'un employé qui m'avait précédé, sans attendre mon tour, comme on sauterait dans une rame de métro dont le signal informe les passagers de la fermeture imminente des portes. Ce geste inconsidéré me valut d'être mis en joue par un garde qui ne rigolait pas du tout avec le protocole et qui ne baissa son arme qu'une fois que j'eus, les mains en l'air, décliné mon identité et mes plus plates excuses. À l'avenir, je prendrais soin de m'annoncer à l'interphone et de ne pénétrer dans l'enceinte qu'après qu'on m'y aurait clairement autorisé. Moins d'une demi-heure après cette fausse alerte, je retrouverais ce même garde, dans la cour du bâtiment, qui avait troqué son fusil d'assaut pour une assiette de saucisses-merguez à l'occasion d'un après-midi barbecue où tout ce qui d'ordinaire portait un uniforme tricolore avait été invité par le colonel Bouvreuil, que je découvris clope au bec, vêtu d'un short et d'un débardeur, tenue adaptée s'il en était à la partie de pétanque qui suivit ce déjeuner bucolique censé raffermir la cohésion de l'équipe.

Le colonel avait en revanche pris soin de revêtir sa tenue réglementaire pour me recevoir officiellement à l'issue de ce pique-nique. Dans son bureau, nul mobilier en teck ni carafes d'alcool. Après un bref topo sur le pays (« un baril de poudre avec une multitude de mèches, reste à savoir quel sera le con qui en allumera une »), le colonel m'annonça ce qu'il attendait de moi : enseigner le français à des soldats illettrés sur une base aérienne sans avions au fin fond du plateau de la Bekaa, en alternance avec une école des forces navales sans navires dans la baie de Jounieh. Je déduisis de mon affectation que si mes performances sportives et militaires avaient été jugées piteuses, mon niveau en orthographe et en grammaire avait dû être apprécié, et ce, en dépit du fait que ce fût par l'intermédiaire d'un QCM niveau sixième. Excluant la solution de la désertion – mon grand-père y avait eu recours, mais pour une noble et juste cause à laquelle je ne pouvais pas prétendre, j'y reviendrai –, j'obtempérai et l'adjudant-chef Niverolle, détaché de l'armée de l'air et relégué aux tâches administratives, ce qui lui valait de la part de ses frères d'armes de la terre et de la mer l'affectueuse appellation de « gonfleur d'hélices », me remit quelques manuels et livres d'exercices défraîchis avant de me souhaiter bonne chance, réprimant tant bien que mal le sourire sarcastique qui affleurait sur son visage veule surmonté de ce qui me sembla être un toupet.

Accablé par tant d'injustice, mon estime se revigora lorsqu'on m'informa que je disposerais d'un chauffeur et d'un garde du corps fournis par l'armée locale, ma mission s'inscrivant dans le cadre d'un programme de coopération militaire entre les deux pays. Très vite, ces deux fonctions furent occupées par un seul et même homme, qui était de fait contraint d'actionner d'une main le levier de vitesse de sa Jeep antique cependant que l'autre maintenait en équilibre sa M16 sur ses cuisses, la direction étant quant à elle assurée par ses genoux en appui contre le volant.

Le dénommé Kojak, un soldat bloqué au grade de caporal depuis dix ans, venait ainsi me chercher tous les matins en bas de mon immeuble, lequel avait miraculeusement survécu à la guerre et à la frénésie immobilière, la seconde ayant réussi la prouesse d'avoir davantage contribué à défigurer la ville que la première. Je le retrouvai derrière son volant suçotant son chalumeau plongé dans une bouteille de Pepsi-Cola en guise de petit-déjeuner. Un tel privilège – celui d'avoir un chauffeur, non que celui-ci bût des boissons gazeuses à la paille – attira instantanément sur moi les regards suspicieux de mes voisins et ceux énamourés de mes voisines. Je tirerais parti de cette soudaine popularité auprès des jeunes femmes, sans bien sûr négliger les précieux conseils hygiéniques dispensés par le ministère de la Défense, le service de la France avant tout.

Je ne sus jamais si le nom de mon chauffeur-bodyguard était dû à sa ressemblance manifeste avec l'acteur Telly Savalas ou s'il s'agissait de son vrai patronyme. Il ne parlait pas un mot de français – ni d'anglais, d'ailleurs –, ce qui réduisit dans un premier temps notre communication à quelques gestes que je lui interdis très vite de faire si nous voulions éviter un accident de la route ou une malencontreuse rafale de mitraillette à l'intérieur de la Jeep. J'entrepris d'apprendre l'arabe avec lui, me faisant déchiffrer au cours de nos trajets, que des embouteillages homériques rendaient interminables, les panneaux de signalisation, lesquels étaient encore assez rares, ou quelque affiche publicitaire dont le pays était recouvert jusqu'à la nausée, masquant au passage lesdits panneaux. Je fis très vite de sérieux progrès et pus me faire à peu près comprendre du fidèle Kojak et de mon épicier, le débonnaire et bigle Habib.

En bon aspirant espion, je ne dis rien à mon chauffeur ni à mes supérieurs des raisons qui m'avaient conduit à faire mon service militaire au Liban. Cherchant à tester mes motivations, sinon mon sens de l'engagement pour la patrie, le colonel Bouvreuil m'avait toutefois posé une question au début de notre premier entretien :

pourquoi le Liban et pas le Brésil, par exemple ? Outre que cela avait déjà été fait, ç'aurait été m'étendre sur mon histoire familiale, ce à quoi je ne tenais pas particulièrement, d'autant plus que rien ne m'y obligeait. J'arguai alors que cette destination était le fruit du hasard, ce qu'une brève recherche dans ma généalogie aurait infirmé, recherche à laquelle personne à la Défense n'avait apparemment pris la peine de procéder. Et quand bien même aurait-il cherché à me cuisiner, j'aurais alors appliqué le seul principe auquel Philby resta fidèle toute sa vie, à part peut-être de ne jamais boire avant 11 heures du matin : *Deny everything*.

Il se trouvait que, sur quatre générations, j'étais le troisième de ma famille à servir au Proche-Orient. Le premier, mon arrière-grand-père Léandre, s'était engagé dans l'infanterie peu de temps avant le déclenchement de la Grande Guerre. Il avait ainsi troqué chemise blanche, gilet noir, nœud papillon assorti, tablier multipoches et plateau en zinc de garçon de café axonais, contre un pantalon rouge, une capote en drap de laine gris de fer bleuté, un képi modèle 1884, un ceinturon doublé de bretelles et trois cartouchières dotées chacune de quarante projectiles. Peu de temps après être sorti miraculeusement vivant des tranchées et de leurs gaz asphyxiants, il était monté à bord d'un bateau militaire à vapeur direction le Levant, plus précisément le nord de la Syrie où il avait mis pied à terre en 1923 avec rang de lieutenant. Trois ans plus tôt, dans la foulée de la signature du traité de Sèvres qui consacrait le dépeçage de l'Empire ottoman vaincu, la France s'était vu confier par la Société des Nations un mandat sur les territoires syrien et libanais, pour y conduire une « mission sacrée de civilisation » à laquelle mon arrière-grand-père allait donc devoir prendre part.

Lorsque, des années plus tard, je consulterais son dossier militaire au fort de Vincennes, je ne relèverais presque aucune trace de cette « mission sacrée ». La boîte à archives qui m'avait été remise contenait en revanche des dizaines de feuillets de papier pelure retraçant une rocambolesque affaire de vol de « chaussures américaines et de serviette-éponge » en 1919 puis, l'année suivante, d'un « fût d'alcool militaire d'une trentaine de litres » dont mon aïeul avait la garde avant d'en « faire cadeau à l'aubergiste de Gièvres chez lequel il prenait pension », deux maraudages qui témoigneraient d'« un manque total de délicatesse » de la part de mon arrière-grand-père. Bien que les preuves fussent insuffisantes pour l'accuser et qu'un tribunal militaire admît qu'il avait été victime d'une « erreur d'interprétation de la loi du 19 mai 1834 », l'armée le condamna à deux ans de prison avec sursis pour « faute contre l'honneur ». Son dossier se montrait très prolixe sur ces histoires dérisoires, mais restait désespérément muet ou presque sur les états de service de mon arrière-grand-père durant les deux ans qu'il passa en Syrie. J'appris tout juste qu'il appartint de 1923 à 1925 au 3e régiment mixte syrien dans lequel il s'était engagé comme volontaire, possiblement pour se faire oublier de ses supérieurs, lesquels demeuraient à l'affût du moindre faux pas, si j'en crois les quelques notes que je pus consulter, notamment celles du commandant de son régiment à Alep, qui le désigne comme un « officier servant correctement et même avec zèle », en rappelant toutefois « les fâcheux antécédents dont il est impossible de faire abstraction ». Aussi suis-je tenté de penser que son « exil » syrien avait quelque chose à voir avec ces affaires qui lui collèrent longtemps à la peau.

Son séjour coïncida avec le passage de relais entre deux hauts-commissaires au Levant, le catholique et réactionnaire général Weygand auquel avait succédé le laïcard et républicain général Sarrail. Mon arrière-grand-père était ainsi arrivé après que l'un avait « pacifié » la région et avant que l'autre ne réprime le soulèvement du Djebel Druze, appuyé par l'artillerie, l'aviation et avec le renfort d'escadrons tcherkesses. C'est durant ce bref interlude que Léandre, dont je ne sais quel général eut sa faveur si tant est qu'il ait pris parti pour l'un ou l'autre, et que j'imagine à cheval, voire à dos de dromadaire, sabre au fourreau, quand aussi bien il ne se déplaçait qu'à pied (à moins qu'il n'eût fauché une bicyclette), fut probablement chargé de quelque opération de gendarmerie dans la région, comme pourchasser des caravanes de contrebandiers armés et, à l'occasion, surveiller des zones de fouilles archéologiques. Ces deux activités étaient à l'époque souvent complémentaires, car la présence d'archéologues sur les chantiers favorisait l'entretien de relations cordiales avec les tribus locales, qui devinrent des informateurs précieux pour les autorités mandataires. L'archéologie française, alors en plein renouveau scientifique, œuvrait ainsi, appuyée par l'armée, au service du rayonnement culturel et politique du pays, le Levant constituant un laboratoire particulièrement fécond de celle-ci. Il s'agissait aussi vraisemblablement de profiter de la situation pour garder un œil sur les missions conduites par les autres nations européennes, dont la France n'approuvait pas toujours les méthodes, en particulier celles des Anglais, sur ce territoire qui sera un siècle plus tard en proie aux pillages, dans le sillage de l'effroyable guerre que le régime Assad livrera à son propre peuple.

J'ignore si mon arrière-grand-père eut la chance d'assister à l'exhumation d'un petit char votif assyrien en argile ou de cette « mince plaquette à silhouette piriforme aux yeux de nacre qui semble découpée dans une coquille d'autruche », décrite avec minutie par François Thureau-Dangin dans son rapport de fouilles à 'Ashârah en septembre 1923, tout comme j'ignore si, à l'instar du futur conservateur des Antiquités orientales du Louvre, il goûta les « charmes des nuits en plein air sur la terrasse d'un vieux khan », d'où l'on pouvait admirer « ce ciel profond et étincelant de l'Euphrate et du Tigre, ces constellations qui dessinent en quelques points d'or les personnages mythologiques et les animaux fantastiques qu'y reconnurent les Babyloniens ». En admettant que tel fut le cas, je présume que son statut d'officier l'aura exempté de travailler « avec ardeur, le torse nu, la peau brûlée par le soleil implacable » dans cette zone désertique où sommeillent les plus vieilles archives de l'humanité.

Quoi qu'il en fût, tout porte à croire que ses années syriennes laissèrent à Léandre d'agréables souvenirs – du genre *mélancolie des paquebots/ froids réveils sous la tente/étourdissement des paysages et des ruines* –, puisqu'il tenta, sans succès, d'y repartir avant de conseiller à son propre fils, mon grand-père, tout juste engagé dans l'armée, de demander son affectation au Levant. Ce qu'il fit, avec un sens du timing parfait, puisque c'est en juillet 1939 qu'il embarqua à Marseille sur le vapeur *Champollion* pour rejoindre Beyrouth, cent cinquante ans après la prise de la Bastille, commémorée à Paris sur les Champs-Élysées lors d'un défilé militaire qualifié de « triomphal » par la presse, et moins d'un an avant que ne parade la Wehrmacht victorieuse sur la célèbre avenue.

Un demi-siècle plus tard, perpétuant la tradition familiale, je revêtais l'uniforme pacifique (les temps changent un peu finalement) d'enseignant de français auprès de l'armée libanaise, uniforme dont les épaulettes trop larges étaient barrées de galons que je ne méritais pas pour les raisons que l'on sait, et dont la seule fonction était de tenir en respect les soldats indisciplinés à qui je tentais laborieusement d'apprendre que ma langue maternelle pouvait servir à autre chose que regarder les films de Pierre Richard, lequel jouissait au Liban d'une popularité égale à celle, disons, d'un Alain Delon au Japon, une chaîne locale de magasins de chaussures ayant même été baptisée en hommage à l'interprète du *Grand Blond avec une chaussure noire*.

Le hasard avait voulu que l'entrée de mes deux aïeux dans l'armée ait immédiatement précédé la Première puis la Seconde Guerre mondiale. Si j'écartais l'hypothèse selon laquelle ils auraient pu en être de près ou de loin responsables, je craignais cependant qu'en les imitant mon geste ne fût le prélude à une catastrophe en vertu du théorème familial : un Villin rejoint l'armée, un conflit planétaire éclate. Sans compter que le troisième aurait de toute évidence été le dernier (il s'en est d'ailleurs fallu de peu : je rendrais mon paquetage signant la fin définitive de mon service militaire le 10 septembre 2001).

Où Dalida rencontre des épigones de *Dallas* et provoque un embouteillage

J'avais, je l'ai dit, omis de parler à mes supérieurs de la carrière militaire de mes aînés, comme j'avais également passé sous silence que le second avait épousé une Libanaise d'origine syrienne, ma grand-mère. Là aussi, rien ne m'y obligeait, d'autant plus que rien ne le laissait supposer. J'étais en effet un Français tout ce qu'il y a de plus banal : mon nom, mon physique, ma langue, ma culture, tout me désignait comme tel. La couverture idéale en somme. Sans compter que j'ai grandi non loin de Tours où, paraît-il, on parlerait un français supposément « pur, sans lenteur, sans vitesse, sans accent », du moins d'après Alfred de Vigny (encore lui), lequel ajoutait que « le berceau de la langue est là, près du berceau de la monarchie ». Pour l'originalité, donc, on repassera. Près de mon berceau à moi, nul roi, reine ou fée ne se tenait, simplement mes parents et mes grands-parents sur fond de Jean-Sébastien Bach (le concerto BWV 1052 dirigé par Raymond Leppard). Ne manquait qu'une personne à l'appel, je ne le compris que plus tard : ma grand-mère paternelle.

Ce n'est qu'à l'âge de treize ans que je pris conscience que je n'étais pas ce Français chimiquement pur dont je pensais jusque-là être le prototype, lorsque je vins avec mes parents et mes sœurs chercher à l'aéroport de Roissy mon cousin Nadim qui arrivait de Beyrouth, *via* Damas, pour poursuivre sa scolarité, laquelle était compromise, sinon rendue impossible, par les violents combats qui ravageaient la capitale libanaise, l'obligeant à dormir dans la baignoire pour éviter les balles perdues qu'il ramassait ensuite sur son balcon, comme moi les marrons dans la cour de l'école après une nuit au chaud dans mon petit lit en plume d'oie.

À bord de la berline familiale, j'avais longuement dévisagé Nadim du coin de l'œil durant le trajet entre l'aéroport et la maison. Il avait un an de plus que moi et de ce que je savais, nous ne nous étions jamais rencontrés. Pourtant, son visage ne m'était pas étranger. À quatorze ans il présentait déjà une pilosité d'adulte, avec des sourcils fournis et une barbe de trois jours, quand moi je désespérais de me voir un jour pousser un poil au menton. Je détaillai aussi ses vêtements : un sweat-shirt bleu en coton fin à l'aspect légèrement froissé, un jean gris et d'énormes Converse montantes noires de basketteur sur lesquelles était inscrit à l'arrière un très gros « Cons », ce qui m'avait évidemment beaucoup amusé. Il portait au poignet une Swatch grise dont on voyait le mécanisme au travers du cadran, selon moi le nec plus ultra de la classe.

Bref, c'est avec un look de collégien à la mode américaine que Nadim l'Arabe débarquait d'un pays en guerre dont je ne savais presque rien, mis à part les quelques images de journaux télévisés qui s'ouvraient inlassablement sur les visages des otages, sans me douter que je deviendrais à mon tour journaliste dans ce même pays, à la différence notable que je n'encourrais pas le moindre risque, ou presque. Assis sur la banquette arrière, je regardais donc mon cousin du coin de l'œil, apprivoisant ses traits dont les contours commençaient à se fixer dans mon cerveau. Je ne sais pas si je m'obstinais à chercher dans son visage un air de famille ; toujours est-il que celui-ci me renvoyait quelque chose de moi, quelque chose que je n'étais pas en mesure de nommer et que je ne saurais pas plus expliciter aujourd'hui, mais qui me fit cet étrange effet de commencer à comprendre ce qui jusqu'alors m'avait échappé, comme si je recouvrais une partie de ma mémoire, réunissant les fragments épars d'un puzzle logés dans les recoins de mon cerveau, des petits cailloux collectés au fil des ans, parfois à mon insu, comme le font les enfants qui, s'ils voient et entendent tout, n'en comprennent pas grand-chose, l'enfance demeurant souvent une période de la vie qui nous reste en partie inconnue, et même énigmatique.

Ce visage, je l'avais en réalité croisé dix ans plus tôt, mais ce n'était que maintenant, dans cette voiture, que j'opérais le rapprochement. Bien que je garde encore une image très précise de ce jour, je ne conservais de Nadim que la vision d'un garçon de dos. C'était au tout début des années 1980. Une longue rue d'une ville de province, semblable à celle que nous venions de quitter, à celles que nous croiserions, bordées de maisons sans caractère construites après guerre, la plupart sur le même modèle, ne se distinguant que par quelques menus détails, une lanterne au-dessus d'une porte d'entrée, la taille des thuyas, la teinte du verre de la marquise ou la porte du garage, lequel tient lieu de rez-de-chaussée. Même un habitué, pour peu qu'il ne connaisse pas le numéro exact qu'il chercherait à rejoindre, eût été bien en mal de reconnaître la maison de son hôte tant elles se ressemblaient toutes, ce que l'absence de commerce, passage piéton, feu de signalisation ou toute autre espèce de repère accentuait. Pour notre part, nous allions au numéro 45. Nous nous y rendions plusieurs fois par an.

Une volée de marches menait à une porte d'entrée traversée en son centre par un vitrage opaque orangé. Je pénétrai dans le salon couvert de tapis orientaux qui tranchaient avec le sol du couloir, en carreaux de ciment semblable à celui des anciens bistrots, et découvris un garçon de dos, à quatre pattes, en train de jouer avec *mon* trolleybus vert, *mon* autobus rouge et *mes* voitures de course. Je restai coi un instant et me retournai pour chercher une explication. Derrière moi, se tenaient, aux côtés de mon grand-père hilare, trois femmes assises sur le canapé en velours beige, cigarette à la main, maquillées comme je n'avais jusque-là jamais vu de femmes maquillées, c'est-à-dire le plus possible. J'identifiai ma grand-tante, mais ses deux voisines m'étaient étrangères. Étranger m'était également leur accoutrement : outre leur maquillage hollywoodien, elles étaient vêtues de robes moirées qui n'auraient pas juré dans un épisode de *Dallas*, feuilleton qui tenait alors la moitié de la planète en haleine à l'exclusion du bloc communiste et de mes parents à qui répugnait cet « univers impitoyable », et portaient aux poignets, aux doigts, autour du cou et aux oreilles toutes sortes de bijoux en or, sinon d'un métal en imitant l'aspect. Pour moi qui n'avais jamais vu ma mère ne serait-ce que souligner ses yeux d'un trait de crayon et ne porter de bijoux qu'à de rares occasions, la surprise était totale. On prendra la mesure de mon étonnement lorsque ces étrangères m'appelèrent par mon prénom qu'elles enveloppaient de tout un tas de mots que je ne comprenais pas, mais que l'insistance inhabituelle à mes oreilles sur le son « r » me rendait plus mystérieuses encore. C'étaient maintenant Dalida et ses sœurs qui faisaient une apparition dans un épisode de la saga télévisée texane tourné chez mon grand-père. M'acquittant d'un sourire mi-poli, mi-circonspect, je ne m'attardai pas davantage sur cette rencontre d'un autre type et retournai à l'objet de mes préoccupations : le trolleybus, l'autobus et les voitures de course qui, sans que j'aie pour cela été consulté au préalable, étaient devenus la propriété d'un garçon en pantalon de velours beige assorti à son sous-pull en lycra, lequel n'avait visiblement rien à fiche de ma présence puisqu'il continuait de les faire rouler en suivant les motifs géométriques des tapis persans. Je n'exclus pas que cette image suggérant un remake du *Shining* de Kubrick sorti la même année explique la dimension tragique qu'a prise pour moi ce vol de voitures.

Aucun souvenir de la suite. Étant d'un naturel non violent et les véhicules en nombre suffisant pour que nous les partagions, je présume qu'aucune bagarre n'éclata. Dans ma mémoire, et dans la sienne probablement, nous avons ainsi sauté directement du trolleybus vert en fer-blanc à la berline bleu marine, comme on collerait bout à bout deux films Super-8 familiaux, avalant à toute vitesse les kilomètres d'asphalte de l'autoroute et les presque dix ans qui séparaient ces deux scènes.

Où le narrateur forme le vœu de traverser l'écran

C'est ainsi que je dus accueillir dans ma chambre un type de mon âge avec qui je partageais des gènes et qui n'en avait pas moins une vraie tête d'Arabe, quand moi j'arborais, selon lui, cette indubitable « gueule de connard de Français ».

Le soir venu, nos devoirs expédiés, nous discutions jusqu'à tard dans la nuit à propos de Beyrouth, de la guerre et de sa famille, qui était aussi en partie la mienne. Tout en écoutant mes cassettes des Kinks et les siennes de Madonna, et tandis que mes parents et mes sœurs dormaient, j'appris que notre famille n'était pas originaire du Liban comme je le croyais, mais de Syrie, deux pays qui n'en avaient longtemps formé qu'un. Nadim me précisa que la ville d'où nous venions et où ma grand-mère était née se nommait Alexandrette, un nom que je n'avais jamais entendu jusqu'alors. Et si j'avais voulu la situer sur un atlas, j'aurais été bien en peine de le faire, pour la simple et bonne raison qu'elle avait été rebaptisée Iskenderun depuis que la province du Hatay (la terre des Hittites, supposément ancêtres des Turcs), dont Alexandrette était, avec Antioche, la ville principale, avait été cédée par la France à la Turquie en 1939. Nos ancêtres avaient alors fait le choix de quitter leur région pour s'installer à Beyrouth. Quand je découvris l'existence de cette ville fondée par Alexandre le Grand, l'homme qui a le premier opéré le rapprochement entre l'Orient et l'Occident, je fis le vœu de m'y rendre un jour, si possible en compagnie de Nadim.

Sans que nous nous y attendions, Hollywood nous offrit un avant-goût inespéré de ce voyage lorsque s'afficha sur toute la largeur de l'écran du cinéma Les Ambassades, où Nadim et moi étions assis, le nom d'Iskenderun. Quelques secondes plus tard, Harrison Ford accompagné de Sean Connery sortaient d'un train à vapeur après un périple qui les avait conduits de l'Utah aux côtes portugaises, en passant par Venise, l'Autriche et Berlin. L'action d'*Indiana Jones et la dernière croisade*, sorti le 18 septembre 1989, la semaine de l'arrivée de mon cousin en France, se déroule en 1938, soit quelques mois avant que nos aïeux ne quittent Alexandrette. La ville – reconstituée dans la bourgade de Guadix en Espagne – était le point de départ de l'itinéraire imaginé par Steven Spielberg, censé mener ses personnages au lieu où était prétendument préservé le Saint Graal, ce qui aujourd'hui ne manque pas de me faire sourire, Alexandrette étant devenue au fil des ans, sinon le Graal après lequel je cours, la pièce manquante du puzzle de mon existence.

Confortablement installé avec Nadim dans les sièges en velours rouge, un esquimau à la main, je m'imaginais notre arrière-grand-père commun, Antoine, dont j'ai hérité le prénom sur mes papiers d'identité, que je me figurais debout sur le port d'Alexandrette, les mains dans les poches de son costume noir, regardant la mer, les moustaches au vent, portant sur la tête un tarbouche, quand aussi bien il se coiffait d'un feutre à l'occidentale ou ne revêtait rien du tout sur le chef, il était bien libre de faire ce qu'il voulait. Liberté que Mustafa Kemal abolira en faisant voter en 1925 une loi obligeant tous les hommes turcs à porter exclusivement le chapeau européen, interdisant *de facto* le tarbouche, jugé « anachronique » et symbole du féodalisme, décision qui provoquera des manifestations dans plusieurs villes, la police arrêtant les « provocateurs », dont certains seront jugés par le tribunal de l'Indépendance, qui rendra des verdicts allant jusqu'à la peine de mort.

De cet arrière-grand-père, je ne sais absolument rien, sinon le nom. La seule trace que j'aie pu trouver d'un Antoine F. vivant à Alexandrette au début du siècle précédent est celle d'un drogman, officiant pour le couvent des Carmes. Cette fonction, qui consistait principalement à servir d'interprète auprès des ambassades et consulats européens de l'Empire ottoman, était occupée par des Orientaux de naissance appartenant presque toujours à une minorité, qu'elle soit latine, arménienne, grecque ou juive. Le rôle du drogman ne se cantonnait cependant pas au seul interprétariat et cette profession se montrait essentielle aussi bien dans les démarches diplomatiques que dans l'exercice du négoce ou l'assistance aux voyageurs. Ces nombreuses compétences pouvaient toutefois susciter des jalousies, voire des suspicions, si l'on en croit certains témoignages qui font rimer drogman avec traître ou espion, image renforcée par des dictons comme « *traduttore, traditore* ».

Quelques péripéties plus tard, dont une rencontre des Jones père et fils avec la confrérie de l'Épée cruciforme et le dézingage d'une bonne dizaine d'espions nazis au moyen de toutes sortes d'armes, Nadim et moi sortîmes de la salle de cinéma plus déterminés que jamais à suivre les pas d'Indiana. Était-ce le destin ou un simple hasard (en ce cas, Hollywood est vraiment la machine à rêves qu'elle prétend être), le fait est que notre première sortie à Nadim et moi fut de nous rendre à Alexandrette par écran interposé et si j'avais pu le traverser, comme j'avais vu Mia Farrow le faire dans *La Rose pourpre du Caire* sur le téléviseur du cours d'anglais la même année, je n'aurais pas hésité un instant.

Après deux ans en France, la guerre du Liban ayant enfin cessé, Nadim rentra chez lui à Beyrouth. Il m'aura fallu attendre huit années supplémentaires pour le rejoindre à la faveur de mon service militaire. En tant que fils unique et conformément à la législation libanaise, mon cousin avait été dispensé de faire le sien et, comme la majorité des jeunes adultes de son âge, n'avait qu'un seul but : décrocher un visa pour les États-Unis, le Canada, l'Australie ou l'Angleterre, bref, se tirer au plus vite de ce pays sans avenir, lequel était paradoxalement pour moi celui de tous les rêves. Quand j'y débarquai enfin, Nadim, toujours en attente du précieux sésame, avait trouvé le moyen de foutre le camp au Koweït où il était supposément chargé de gérer les affaires d'un Suisse aux poches remplies de devises et de passeports. Cet intermède persique repoussera nos retrouvailles et le voyage à Alexandrette d'un an.

Où l'on retrouve le *Soviet Super Spy*

Tout ceci, je le concède, nous a éloignés de Kim Philby. À ma décharge, depuis mon arrivée au Liban, j'avais été occupé à élaborer des cours de français pour des soldats qui doutaient que l'apprentissage de la conjugaison du verbe « aguerrir » à tous les temps de l'indicatif pût leur être d'une quelconque utilité s'ils voulaient un jour avoir la chance d'émigrer dans l'Iowa ou à Ottawa.

Craignant lors de mon débarquement à l'aéroport de Beyrouth qu'une fouille de mon paquetage, lequel était plein à craquer de vêtements militaires, dont la majorité s'avérerait hélas inutile au cours de mon séjour, parmi quoi un imperméable trop large, un manteau trop chaud, un grand uniforme que je ne porterais que le 14 juillet, craignant donc qu'une fouille de mes affaires attire sur moi quelque soupçon, j'avais pris soin de ne pas y glisser la biographie de Philby que j'avais achetée chez un bouquiniste parisien, ni le fameux *Comment devenir un agent secret* du colonel Rémy.

Je me mis alors en quête d'ouvrages sur Philby dans les librairies beyrouthines, mais ne trouvai presque rien. Je priai quelques amis de m'envoyer les livres qu'ils pourraient dénicher en France, non sans demander à mes bienfaiteurs d'en ôter au préalable la couverture d'origine, le cas échéant de les affubler d'une jaquette innocente, précaution parfaitement superflue, à la limite de la paranoïa, d'autant plus que mon courrier transitait par la valise diplomatique. Ce subterfuge eut au moins le mérite de beaucoup amuser mes correspondants et c'est ainsi que me parvinrent notamment, sous la protection de la convention de Vienne garantissant l'inviolabilité de ladite valise, un petit traité d'horticulture, une étude sur la situation économique du Bhoutan, un recueil de recettes basques et une biographie de Dominique Rocheteau renfermant des études sur Philby et autres souvenirs d'agents qui l'avaient côtoyé au cours de sa carrière. Dès lors, je consacrai l'intégralité de mon temps libre à essayer de reconstituer la vie du plus célèbre espion du XXe siècle durant son séjour au Liban, séjour au cours duquel sa vie bascula.

Si la vie proprement extraordinaire de Kim Philby avait donné lieu à des dizaines de livres, je constatai avec étonnement que l'épisode beyrouthin ne faisait l'objet que d'un développement succinct, à peine quelques lignes en conclusion, alors même que c'est dans cette ville, où il travaillait officiellement comme correspondant de presse, qu'il fut démasqué, et depuis son port qu'il prit la fuite pour Moscou en janvier 1963. Les Mémoires de Philby, intitulés *Ma guerre silencieuse*, ne m'éclairèrent pas davantage, le Britannique expédiant ses années libanaises dans un épilogue de quatre pages intitulé « À bon port ». Et quand bien même eût-il été prolixe sur la période qui m'intéressait, le KGB avait de toute évidence, sinon tenu sa plume, du moins censuré tout ce qui aurait pu de près ou de loin porter atteinte aux intérêts de la patrie des travailleurs, en profitant au passage pour brouiller les cartes et semer la confusion.

Sur un cahier à la couverture reproduisant le motif de camouflage standard de l'armée française que mes supérieurs m'avaient remis pour y concevoir mes cours, je m'efforçai, une fois ma corvée terminée, de résoudre l'énigme Philby, en commençant par établir la chronologie des faits à partir des différents livres qui m'arrivaient au compte-gouttes par le service courrier sécurisé de l'ambassade. D'un ouvrage à l'autre, je relevais des variantes, des interprétations divergentes voire des contradictions, et parvenais tant bien que mal à tirer de cet écheveau un résultat qui me parut sinon parfaitement exact, du moins cohérent, si tant est que le parcours d'un agent double puisse l'être.

Je passai rapidement sur son enfance au Punjab où il était né le jour de l'an 1912 – en gros : polo, cricket, chasse au tigre et vacances dans le Surrey –, pour m'intéresser à son recrutement par le Komintern au milieu des années 1930 puis par les services secrets de Sa Majesté au début de la Seconde Guerre mondiale, plus précisément à la section V, celle du contre-espionnage. Joli coup pour un débutant, convenons-en. Je m'étonnai cependant que le pacte germano-soviétique n'eût pas ébranlé sa foi dans le communisme. Le plus probable est que Philby fût, comme beaucoup, persuadé qu'il s'agissait là d'une manœuvre dilatoire de Staline, théorie aujourd'hui largement remise en cause par les historiens, qui soulignent que les deux signataires cherchaient avant tout à assouvir leur soif respective de conquête. Philby ne semblait pas non plus inquiet de voir ses officiers traitants disparaître subitement puis être remplacés par de nouveaux, en vertu de la tradition stalinienne consistant à éliminer ses propres hommes à la moindre suspicion. Dans l'hypothèse où Philby eût pu nourrir quelque remords, le déclenchement de l'opération *Barbarossa* en août 1941 lui permit de vivre sa double allégeance sans état d'âme, puisque l'URSS et la Grande-Bretagne combattaient désormais dans le même camp avec un objectif commun : défaire l'Allemagne nazie et ses alliés.

Ce but en passe d'être atteint, les Britanniques, au premier rang desquels Churchill, comprirent très vite que le bloc communiste en train de se former deviendrait bientôt leur prochain ennemi. Ce retournement d'alliance n'échappa pas à Philby, qui plaida pour la création d'un département en charge des actions anticommunistes, la section IX, puis de manœuvrer habilement pour, *cherry on the top*, en prendre la tête. Ainsi, l'agent double, entre deux tours au pub ou au club, concevait-il dans son bureau londonien d'ingénieux plans pour combattre le renseignement soviétique, avant de les révéler aussitôt à Moscou, exercice schizophrénique consistant ni plus ni moins à saboter son propre travail.

Philby avait la réputation de ne pas compter ses heures. Et pour cause : il servait deux maîtres. Aussi inexplicable que cela puisse sembler, ce travail de sape passa inaperçu tandis qu'au Kremlin on applaudissait des deux mains. Gravissant un à un les échelons des services secrets de son pays, l'enfant chéri du renseignement britannique arborait désormais à sa boutonnière la décoration d'officier de l'ordre de l'Empire britannique pour ses services rendus au royaume, sans que quiconque se doutât que cette médaille dissimulait au revers l'effigie de Lénine.

Après avoir pêle-mêle fait capoter plusieurs opérations à l'Est, conduisant à une mort certaine des agents anglais et des dizaines d'insurgés financés par Londres, court-circuité ses propres services pour mettre hors d'état de nuire un transfuge soviétique qui s'apprêtait à livrer des informations susceptibles de le confondre, Philby se vit offrir fin 1949 un poste inespéré, celui d'officier de liaison du MI6 auprès de la CIA et du FBI à Washington. Le Royaume-Uni, qui avait mené la danse en matière de renseignement durant la Seconde Guerre mondiale, se voyait désormais supplantée par les États-Unis sur ce terrain, à la faveur du nouveau contexte, celui de la guerre froide. Aussi les services secrets britanniques, confits d'orgueil, décidèrent-ils d'envoyer auprès des Américains leur élément le plus prometteur, l'étoile montante du renseignement, en la personne de Kim Philby, que les Russes désignaient sous le nom de code Stanley.

Placé au cœur du réacteur de la lutte contre le bloc de l'Est, Philby était en position de glaner un maximum de renseignements, lesquels étaient de premier ordre et de première main puisque confiés par son vieil ami James Jesus Angleton, responsable du contre-espionnage de la CIA, à qui on ne connaissait que deux passions : la poésie et l'anticommunisme. L'Américain vouait une profonde admiration à l'Anglais depuis que ce dernier lui avait appris les ficelles du métier lors de son passage à Londres durant la guerre. Fini le rationnement imposé par le Blitz : c'est désormais autour d'un homard ou d'une douzaine d'huîtres au Harvey's, sur Connecticut Avenue à Washington, que les deux hommes partageaient chaque semaine leurs secrets et un goût jamais démenti pour l'absorption d'alcool dans des quantités prodigieuses.

À mesure que je plongeais dans les méandres opaques de la carrière du *Soviet Super Spy*, se dessinait le portrait d'un homme insaisissable, capable de duper autant ses proches que les chasseurs de taupes les plus tenaces, dissimulant ses véritables convictions derrière un écran de fumée libéral. Plus mes notes s'accumulaient, plus les zones d'ombre s'épaississaient. De nombreux éléments me laissaient penser que les Soviétiques demeurèrent prudents jusqu'au bout, y compris une fois que Philby eut fait défection à Moscou, de crainte qu'il fût un agent triple. Je m'interrogeais en revanche sur l'aveuglement des services secrets britanniques à son égard. Certes, Kim avait un charme fou et incarnait le symbole de la droiture aux yeux de ses collègues, persuadés de sa loyauté indéfectible. Mais pour récolter tant d'éloges, au point que l'on songea un temps à lui confier la direction du MI6, je supposais qu'il avait dû fournir à son employeur officiel de véritables renseignements, vérifiables et vérifiés, susceptibles de contrecarrer les machinations soviétiques. Or je ne trouvais rien ou presque sur ce point et parvenais à la conclusion que la seule appartenance de Philby à l'élite de son pays lui avait valu brevet de respectabilité et de sincérité. Et quand bien même avait-il fait l'objet de soupçons de la part de collègues, son aplomb imperturbable et ses bonnes manières l'avaient disculpé d'emblée. Un traître, Philby ? *Nonsense !* Le fait est que les institutions britanniques refusaient obstinément d'admettre qu'un membre honorable de l'establishment fût capable de trahison. L'esprit de caste de la gentry britannique s'était retourné contre elle, victime de sa consanguinité et de son préjugé selon lequel les gens de bonne famille ne trahissent pas, ce qui renforça encore ma détestation des privilèges, la nuit du 4 août 1789 ayant toujours eu pour moi plus d'importance que celle du 14 juillet.

Cette question de la trahison finit par m'obséder. Un rapide coup d'œil dans n'importe quel rayonnage de bibliothèque me prouva qu'il existe peu de contes, de mythes, de religions ou de grands récits dont elle soit absente. Mais de quelle trahison était-il question s'agissant de Philby ? Vis-à-vis de son pays ? Cela ne faisait aucun doute. Envers ses idéaux ? Dans ce cas, la trahison n'est-elle pas la forme ultime de fidélité à soi-même ? C'est en tout cas la défense qu'aurait adoptée Philby une fois démasqué par son ami Nicholas Elliott, venu à Beyrouth lui arracher une confession, qu'il obtint, avant de laisser opportunément à son vieux camarade le temps de fuir, évitant ainsi au Royaume-Uni un procès qui aurait eu l'effet d'un séisme. *Fair enough.* Un an plus tôt, George Blake, un autre agent double anglais, lui aussi en poste au Liban, ne bénéficia pas d'une négligence analogue de la part du même Elliott, lequel lui tendit un piège qui le conduisit à la prison de Wormwood Scrubs pour un séjour de quarante-deux ans ferme. Cette sentence, à l'époque la plus élevée jamais prononcée en Grande-Bretagne, avait plongé Philby dans la stupeur et une saoulerie vertigineuse. Mais contrairement à Blake, né d'un père juif égyptien, ses origines sociales lui garantissaient l'immunité. En tout état de cause, les deux eurent le temps de débattre de cette différence de traitement lorsque le premier rejoignit le second, en 1966, après sa spectaculaire évasion de prison, où il ne resta que cinq ans.

Dénué de sens politique et patriotique malgré l'uniforme que je revêtais chaque matin, je peinais à mesurer l'étendue et la sincérité de l'engagement de Philby. Je ressortis de mon portefeuille la photographie de mon grand-père, datant de 1942 si j'en crois la mention inscrite au dos, sur laquelle il pose en képi dépourvu d'insigne, un chèche noué autour de son cou, détails qui me laissèrent supposer que ce cliché sépia avait été pris dans le désert libyen, à l'époque où il combattait avec les Forces françaises libres. Sur les 25 000 hommes que comptait l'armée du Levant, seuls 6 000 avaient intégré les FFL. Soldat français, il était censé obéir aux ordres. Or en rejoignant la Résistance il avait fait le choix de l'insoumission, puis de la rébellion, ce qui le désignait *de facto* comme coupable de trahison et donc de condamnation à mort par Vichy. Sur cette photo, il pose de profil, une pipe à la bouche, un modèle semblable à celui que Philby arbore sur de nombreux clichés.

Je profitai également de la connexion Internet et d'un abonnement au câble que j'avais réussi à obtenir auprès d'un dénommé Tony, truand notoire en costume trois pièces, qui passait le plus clair de ses journées assis dans son cybercafé au milieu d'employées de maison étrangères qui dépensaient leur maigre salaire pour joindre leurs proches à l'étranger. Il avait consenti à envoyer deux travailleurs égyptiens qu'il maltraitait pour tirer des câbles jusqu'à mon appartement, et ainsi je pus passer mes nuits à regarder des documentaires en noir et blanc sous-titrés en arabe sur le KGB ou la Stasi, activité qui m'interdisait *de facto* toute vie amoureuse. En dépit d'un réseau instable, sans compter les fréquentes coupures d'électricité, je tombai un soir sur un petit film d'actualité daté du 8 novembre 1955 et intitulé *Philby Talks*. Un commentaire rappelait le contexte de ce film : Guy Burgess et Donald Maclean, ses anciens camarades de Cambridge et agents doubles comme lui, avaient fait défection à Moscou quatre ans plus tôt, alors qu'ils étaient en passe d'être démasqués. L'amitié notoire que Philby entretenait avec le premier s'était retournée contre lui et il n'avait eu d'autre choix que de démissionner des services secrets britanniques, bien que personne ne pût formellement prouver sa culpabilité, qui s'avéra pourtant déterminante.

Dans un élégant salon, une foule de reporters et de photographes munis d'appareils photo à plaques, certains accroupis sur le sol, d'autres adossés aux murs, font face à celui qui les a conviés. Au centre de cette petite assemblée, les jambes croisées, est assis Ed Newman, journaliste de la NBC. Pour une fois, le présentateur ne sera pas le personnage central de cette conférence de presse impromptue. L'homme qui lui fait face, dans un costume soigné à fines rayures, les cheveux peignés sur le côté, est courtois et imperturbable. Assis dans le salon de sa mère, Dora, à Grove Court dans le quartier huppé de South Kensington où il a convié la presse, Philby pose pour les caméras devant des portraits de famille encadrés et disposés sur un meuble en acajou éclairé par un abat-jour en soie. Plus british, tu meurs. Philby affiche un large sourire. C'est peu dire qu'il a eu chaud. Il vient en effet d'être officiellement innocenté d'espionnage en faveur de l'URSS. La veille, le ministre des Affaires étrangères en personne, Harold Macmillan, avait déclaré qu'il n'avait « aucune raison de conclure que M. Philby a à aucun moment trahi les intérêts de son pays, ou de l'identifier avec le soi-disant "Troisième Homme", s'il y en avait un ». Ce démenti faisait suite aux affirmations à la Chambre des communes du colonel Marcus

Lipton, député travailliste, selon qui Philby était lié à la disparition de ses collègues Burgess et Maclean, donc coupable d'« activités douteuses », en bref d'intelligence avec l'ennemi. Philby avait alors immédiatement mis Lipton au défi de répéter ses propos en dehors de Westminster, sans la protection du privilège parlementaire. Vingt ans plus tard, ce même député s'en prendra à une autre menace, celle du rock'n'roll, arguant que « si la pop music doit être utilisée pour détruire les institutions, alors elle doit être détruite en premier ».

Philby, répondant à son domicile aux questions du reporter vedette, avec son accent *posh* et sans le bégaiement contre lequel il lutte depuis l'enfance – on détecte à son regard à la fois trouble et inquiet quelques verres de scotch vidés en toute hâte –, admet avoir entretenu une « amitié imprudente » avec Burgess, mais nie catégoriquement avoir informé ce dernier et Maclean que le MI5 était sur le point de les arrêter, leur permettant de faire défection à l'Est. Et d'affirmer sans se démonter : « La dernière fois que j'ai parlé à un communiste, en sachant que c'en était un, remonte à 1934. » Le député Lipton retira ses accusations sur-le-champ. Un coup de bluff doublé d'un vrai coup de maître, scellant l'image d'un Philby innocent, lésé, arrogant et provocateur.

Sidéré par tant d'audace et de sang-froid, j'applaudis devant mon écran d'ordinateur la performance de l'Anglais. Une coupure de courant inopinée m'empêcha de visionner une seconde fois ce reportage d'époque. Je me replongeai alors à la lumière de quelques bougies dans mon glossaire édité par la commission spécialisée de terminologie et de néologie de la défense, que je devrais commenter le lendemain à mes cancres en uniformes :

Blanc, n.m. Domaine : Défense/Guerre électronique. Définition : Interruption périodique et très brève d'une émission de brouillage afin de contrôler l'émission de l'adversaire pour suivre ses variations de fréquence ou interrompre le brouillage en temps voulu.

De l'espionnage comme l'un des beaux-arts

Philby, s'il fut blanchi des accusations de traîtrise au profit de l'URSS, ne sortit pas moins affaibli de cette affaire. C'était compter sans son vieil ami Elliott déjà cité, figure du MI6 et convaincu de son innocence, qui lui permit de réintégrer en douce les services secrets britanniques en lui offrant une providentielle couverture en tant que correspondant de l'*Observer* et de *The Economist* à Beyrouth. En attendant, Philby put souffler et se gausser de la naïveté des services britanniques, sautant sur l'occasion pour démarrer une nouvelle vie confortablement payée sous le soleil de la Méditerranée. Cette nouvelle vie, sa femme, Aileen, n'avait aucunement envie de la partager, aussi décida-t-elle de rester à Londres avec leurs enfants, et sombra peu à peu dans l'alcool, addiction qui la conduisit à faire des séjours de plus en plus fréquents à l'hôpital psychiatrique.

C'est donc en célibataire que Philby, muni de sa carte de presse, débarqua dans la capitale libanaise en août 1956 et rata par conséquent les représentations de *Jules César* et de *Hamlet* données quelques semaines plus tôt au temple de Bacchus à l'occasion de la première édition du festival de Baalbek. On ne saura pas ce qui aurait pu lui passer par la tête en entendant *To be or not to be* et *Tu quoque mi fili* résonner dans ce décor à couper le souffle. On peut le regretter, car ces tragédies qu'il connaissait bien, sur fond de traîtrise et d'empire pourri, lui auraient à coup sûr inspiré quelque réflexion.

Une pièce d'un tout autre registre était en train de se jouer à quelques centaines de kilomètres de ce site somptueux, laquelle aurait des répercussions à l'échelle de toute la région : le 26 juillet, Nasser, à la surprise générale et dans un éclat de rire, annonçait la nationalisation du canal de Suez, lançant ainsi le défi le plus insolent au monde occidental, lui qui l'année précédente avait refusé de signer le pacte de Bagdad et conduit son pays à se tourner vers l'URSS. C'est dans ce contexte tendu que Philby renoua avec le journalisme qu'il avait déjà pratiqué pour le compte du *Times* sur des terrains tout aussi minés, en Espagne et en France durant la drôle de guerre.

À son arrivée au Liban, Philby s'installa chez son père, St John Philby, dans le petit village d'Ajaltoun situé sur les hauteurs de la capitale. Celui qui l'avait prophétiquement surnommé Kim en hommage au personnage de Kipling, espion au service de la couronne britannique dans le Grand Jeu qui opposait alors la Russie à l'Angleterre, vivait désormais au milieu de la montagne libanaise après avoir été conseiller du roi Ibn Saoud et, de ce fait, le concurrent direct du colonel Lawrence, ce dernier servant l'Arab Bureau du Caire quand le père de Kim œuvrait pour le gouvernement de l'Inde à Bagdad. St John avait renié sa patrie, était tombé amoureux du désert et s'était converti – par pur opportunisme, dit-on – à l'islam. Il n'a eu de cesse, par haine de l'Angleterre, de faire tomber l'or noir saoudien dans l'escarcelle des Américains, ce qu'il parvint d'ailleurs à faire au-delà de toute attente. Brouillé avec la couronne saoudienne, il vivait désormais au Liban et se réjouissait de pouvoir enfin passer un peu de temps avec son fils.

Or Kim n'eut pas vraiment le temps de buller ni de profiter de son père, dans la mesure où son nouvel emploi de correspondant de presse l'obligea à couvrir la crise de Suez. Afin de prendre le pouls de la région, il se rendit au bar de l'hôtel Saint-Georges, rendez-vous de la jet-set, où les amateurs de sports nautiques en slip de bain côtoyaient des gentlemen en costume estival et cravate club qui s'adonnaient à un tout autre sport : l'espionnage. Le Saint-Georges était le centre névralgique du pays et de la région, le QG de tout ce que Beyrouth comptait à l'époque de journalistes et d'agents de toutes obédiences, lesquels échangeaient leurs informations, de préférence au bar, autour d'un premier cocktail, bientôt suivi de beaucoup d'autres. Philby y retrouva une vieille connaissance, Sam Pope Brewer, qui occupait le poste de correspondant du *New York Times* au Moyen-Orient. Ce dernier venait accompagné de son épouse, Eleanor, une architecte et sculptrice amateure, une femme raffinée et élancée qui buvait pas mal. Il sautait aux yeux qu'elle s'ennuyait dans son mariage. Philby devint rapidement un intime du couple, puis très vite entretint des relations plus intimes encore avec Eleanor, trompant son monde et son vieil ami avec l'habileté de l'agent secret qu'il avait toujours été. L'espionnage avait pour lui la force d'un aphrodisiaque, et c'est presque naturellement qu'il mélangeait sexe et intelligence avec l'ennemi.

Pendant ce temps à Londres, Aileen se noyait définitivement dans la dépression et les flots de gin, avant d'être découverte chez elle, morte, à quarante-sept ans. Kim, fou d'Eleanor, peina à cacher sa joie et obtint de la femme de son ami qu'elle divorce. Sam, qui n'était pas dupe et trouvait que les soufflés de son épouse « n'étaient jamais réussis », convint que c'était là la meilleure solution. Et les deux amants de se marier l'année suivante.

De la vie conjugale sous couverture

Les circonstances de la rencontre entre Kim et Eleanor, je les avais découvertes dans un petit livre que celle-ci avait publié en 1968 et qui m'avait été envoyé de France sous la jaquette de *Fantômette fait tout sauter* (Hachette, 1977), dissimulant son titre français, *Femme d'espion*, lequel ne reflétait que partiellement le contenu de l'ouvrage intitulé *The Spy I Loved* dans sa version originale. À la lecture de ce récit, se déploya sous mes yeux non pas une histoire d'espionnage – bien qu'il en fût inévitablement question – mais avant tout celle d'une vraie passion amoureuse. Je lus, reproduits *in extenso*, de nombreuses lettres et mots doux que lui adressait son nouveau mari à chaque fois qu'il s'absentait pour un reportage ou l'une de ses missions secrètes, dont Eleanor affirmait d'ailleurs tout ignorer. Philby y apparaît sous les traits d'un homme charmant et charmeur, amateur de musique et de poésie allemande, casanier et fin cuisinier, bien loin de l'espion cynique et insensible dont j'avais eu jusque-là le portrait.

S'il ne faisait aucun doute que la rédaction des Mémoires de Philby, parus la même année, avait été supervisée par le KGB, des incertitudes subsistaient quant à l'implication du MI6 dans celle du récit de son épouse. Et quand bien même ç'aurait été le cas, je présumais que les services de Sa Majesté avaient dû porter leur attention sur des détails susceptibles de les mettre dans l'embarras ou de révéler quelques secrets, plutôt que sur l'histoire intime du couple, à laquelle je n'avais aucune raison de ne pas croire.

Outre la confirmation du sérieux penchant pour la bouteille que cultivait Philby, penchant qu'Eleanor partageait du reste volontiers, ou de la prudente distance que Philby entretenait avec la pratique sportive, ce qui nous faisait encore un point commun, je trouvai également dans ce livre quelques précieuses informations, notamment sur le quartier et l'immeuble où le couple avait vécu durant son séjour beyrouthin. C'est ainsi que le premier site que je visitai une fois installé et mes cours de français rodés fut non pas le temple de Jupiter de Baalbek ou la cité millénaire de Byblos, mais l'appartement où vécurent les Philby de 1959 à 1963, soit jusqu'au passage définitif de Kim derrière le rideau de fer. Je revêtis pour cela, comme j'y étais autorisé sur mon temps libre, une tenue civile, et fourrai dans un sac à dos mon reflex chargé d'un film vingt-quatre poses. J'y ajoutai un plan de la ville que j'avais obtenu auprès de l'adjudant-chef Niverolle, qui n'en avait nul besoin, ne sortant de sa villa sécurisée que pour se rendre à l'ambassade au volant de son 4 × 4, ou se procurer des produits importés dans le supermarché le plus cher de la banlieue pour expatriés où il résidait – en premier lieu des boîtes de pâtée pour chien afin de nourrir les deux chihuahuas de sa femme peroxydée, les premiers répondant aux noms d'Ouragan et de Mystère, la seconde à celui de Marie-Lyne.

Je me rendis à Kantari, quartier nommé d'après la rue où résidaient les Philby, à bord d'un taxi-service, une vieille Mercedes d'un modèle qui roulait déjà du temps de l'espion britannique. Je montai sur le siège passager et laissai pendre mon bras par la fenêtre. Le chauffeur fit d'innombrables détours, afin de charger le plus de clients possible et ainsi rentabiliser sa course, tant et si bien que je fus déposé en dernier alors que j'avais été le premier à prendre place dans le véhicule.

Quoique le chauffeur m'eût juré que j'étais arrivé à destination, je sortis mon plan de Beyrouth pour me repérer. Très vite, une foule de badauds m'encercla. De crainte d'être pris pour un agent étranger – on a l'espionnite aiguë dans les parages, comme je le comprendrais vite –, je me mis à parler l'anglais le plus déplorable que je pus, jouant à outrance le touriste perdu. Je constatai que personne, en réalité, ne me suspectait d'activité clandestine, ces braves gens étaient tout simplement curieux de ce que je tenais à la main et jouaient des coudes pour être les premiers à m'aider. Ils n'avaient apparemment jamais vu de plan ou de carte routière. Je me rendis vite compte qu'elles étaient ici parfaitement superflues dans la mesure où il n'existe dans ce pays presque pas d'adresses au sens où nous l'entendons d'habitude, le nom d'un commerce se substituant souvent à la désignation officielle des rues, de sorte qu'on identifiait les lieux en fonction de leur proximité avec telle ou telle supérette, coiffeur ou garage automobile. Un quartier s'appelle ainsi « Chevrolet » depuis que le constructeur américain y a installé son agence, et un carrefour « Cola », car y avait été érigée avant la guerre une usine de soda, Pepsi ou Coca, je n'ai jamais su.

Ne parvenant toujours pas à me localiser, je soupçonnais le chauffeur de m'avoir largué au milieu de nulle part et laissais mon index glisser sur le plan à la recherche de quelque monument identifiable, bientôt rejoint par d'innombrables doigts velus, certains tenant une cigarette dont la cendre s'éparpillait sur la carte. Mes serviteurs se mirent à lever le ton puis à s'invectiver, mais je compris que c'était là leur manière de se charrier, une façon de passer le temps et de quitter quelques instants la chaise en plastique sur laquelle ils passaient le plus clair de la journée au pied de leur immeuble, jouant au trictrac ou buvant du café. Par chance, personne ne s'aperçut que je tenais ouvert le plan de Tripoli, la grande ville du nord, celui de Beyrouth se trouvant au verso. Accablé de honte, je repliai la carte à la hâte et demandai la direction de la rue Kantari. Chacun y alla de son itinéraire, l'un me montrant sa main droite tout en me disant « *left, left, take the first street on your left* », ce qui me rassura sur mon sens de l'orientation, tandis qu'un autre hurlait que nous étions à Kantari, pensant que je cherchais le quartier et ignorant apparemment qu'une rue portât le même nom. Un homme au crâne chauve et au costume impeccable passa près de nous et, sans doute parce que j'affichais cette vraie tête de Français, au moins autant que Philby était anglais jusqu'à la parodie, s'adressa à moi dans ma langue. Puis-je vous aider en quelque chose, cher monsieur ? Je lui indiquai ce que cherchais. J'y vais justement, si vous voulez me suivre, je me ferai un plaisir de vous y conduire, me répondit l'aimable quidam. J'abandonnai la troupe de commères à leurs parties de backgammon pour suivre cet homme aussi providentiel qu'affable, qui me sortait de cet imbroglio. À peine quelques minutes plus tard, l'homme m'annonça que nous étions arrivés rue Kantari. Je le remerciai et il me tendit sa carte de visite : au cas où je puis vous être utile de quelque manière que ce soit, n'hésitez pas à me contacter. Et de poursuivre son chemin, son crâne luisant sous le soleil déjà écrasant malgré l'heure matinale. Sur le petit bristol ivoire était inscrit son nom : Eddy O. Pharaon. En dessous, sa profession : Avocat au barreau de Beyrouth. Je le glissai dans ma poche revolver, on ne sait jamais.

Si le livre de son épouse m'avait appris que Philby avait vécu rue Kantari, j'ignorais en revanche dans quel immeuble. Je disposais toutefois d'un indice relevé dans ce récit. Celle qui partagea la vie de l'espion anglais lors de son séjour beyrouthin y évoque en effet un balcon semi-circulaire situé au cinquième étage et sur lequel son mari passait de longues heures à lire et, comme je le lus dans un autre ouvrage, à envoyer des signaux à son contact soviétique (un livre, tout est OK ; un journal, il y a urgence).

C'est donc le nez en l'air que je parcourus la rue dans les deux sens à la recherche dudit balcon, sans oublier que quinze années de guérilla urbaine étaient passées par là et que la probabilité que celui-ci affectât alors une autre forme, voire que le bâtiment fût réduit à l'état de gravats, était non négligeable. Il s'avéra que plusieurs immeubles présentaient cette caractéristique architecturale. Aussi je décidai d'interroger cette fois-ci non pas les hommes en débardeur qui lambinaient au pied des immeubles, mais une épicière assise devant son magasin, prenant le frais sous un parasol défraîchi, et dont tout indiquait qu'elle avait été dans sa jeunesse contemporaine de mon espion. En guise de laissez-passer, je lui achetai au préalable une petite bouteille d'eau et, avisant le présentoir à cigarettes fixé au-dessus de sa caisse, lui demandai un paquet de Gitanes blondes, tiens, pour changer. Dans un français parfait, elle me fit savoir que cette marque n'était pas distribuée au Liban, à son grand regret, elle qui portait la France en haute estime, la France, « notre mère tendre », me chanta-t-elle des trémolos dans la voix. Je passai donc en revue les différentes marques disponibles et en repérai une que je ne connaissais pas et qui me sauta aux yeux, comme un signe du destin : des Kim. Je lui désignai le paquet, mais l'épicière m'arrêta net d'un Désolé monsieur, ce sont des cigarettes de femme. Pourquoi ne prenez-vous pas des Viceroy, beaucoup d'hommes en fument ici, elles vous conviendraient très bien. J'avoue avoir été un instant décontenancé, ignorant que le tabac pût être genré et, pour garder bonne figure, j'expliquai lâchement que je ne fumais pas, que ce paquet était pour une amie. Ah, dans ce cas, marcha la vieille, qui me tendit les Kim. Elle est libanaise ? demanda-t-elle, refusant de lâcher le paquet aux volutes orangées que je tentais de lui prendre. Je vous demande pardon ? La jeune dame pour qui vous achetez ces cigarettes, elle est libanaise ? Oui, enfin non, c'est une amie, je ne sais pas trop, franco-libanaise il me semble, balbutiai-je. Très bon choix, monsieur, apprécia-t-elle, sans que je sache s'il était question du pedigree des cigarettes ou de mon amie imaginaire. Je tirai parti de cette complicité naissante entre elle et moi pour lui demander si, à tout hasard, elle n'aurait pas connu ou entendu parler d'un certain *mister* Philby, un Anglais qui aurait vécu ici au tournant des années 1960. Oui, bien sûr, je me souviens très bien de lui, il achetait justement son tabac chez mon père, ici, dans cette même épicerie. Des John Player Special, des cigarettes de gentleman, précisa-t-elle. Bingo. La DGSE pouvait se mordre les doigts. Et vous saviez où il habitait ? demandai-je innocemment. Oui, ici, regardez, me dit-elle en tendant le bras vers le côté opposé de la rue, où se dressait un immeuble de cinq étages ponctué de balcons en croissant. Pas peu fier de mon flair et tout à la joie d'avoir aussi vite trouvé ce que je cherchais, je décachetai le paquet de Kim et en allumai une sur le pas de la porte du magasin. L'épicière, jusque-là serviable et aimable, me jeta un regard méfiant, comme si je venais de la trahir en tirant sur une « cigarette de femme ». Je la remerciai et pris aussitôt le chemin de la dernière demeure de Philby avant sa défection.

De ce que je pouvais deviner depuis le trottoir, l'immeuble n'était plus habité. Sa façade présentait de nombreux impacts de balles, comme la grande majorité des bâtiments de la ville construits avant 1990, la plupart des volets étaient tirés et les fenêtres dont les vitres n'étaient pas brisées avaient pour certaines été murées. Tout portait à croire que l'immeuble était abandonné, sinon en passe de l'être. Je m'approchai néanmoins de la porte d'entrée, pour voir, et constatai qu'elle était entrouverte. La poussant, je pénétrai dans le hall d'entrée pavé de grands carreaux noirs et blancs semblables aux cases d'un échiquier sur lesquelles je reproduisis le déplacement du fou. Je fis quelques pas à l'intérieur avant de sursauter lorsqu'un homme sortit de ce que je devinai être une loge de concierge. Âgé d'une trentaine d'années tout au plus, vêtu d'un jean et d'un T-shirt floqué de deux marques de sport concurrentes, il s'adressa à moi en arabe. De ce qu'il me dit, je ne compris que le mot « interdit » que je m'étais fait traduire par Kojak sur les panneaux de signalisation que, comme bon nombre de ses concitoyens, il respectait rarement, le doigt sur le klaxon, lâchant pour cela son fusil-mitrailleur qui finissait par atterrir sur mes genoux. Rejouant ma partition de touriste inoffensif et paumé, j'entrepris d'expliquer au concierge, un Syrien visiblement, que je ne cherchais ni à louer, ni à acheter, mais simplement à jeter un œil. « Interdit » fut de nouveau le seul terme que je captai. Ne parvenant pas à me faire comprendre, je me rabattis sur deux mots que la plupart des langues ont en commun et porteurs, supposai-je, d'une puissante charge émotionnelle : « mama » et « papa ». Pointant de la main droite les étages supérieurs, j'ouvris les cinq doigts de la gauche pour lui indiquer à quel étage mes parents avaient prétendument vécu par le passé. Était-ce son sens aigu de la famille doublé de l'éloignement de la sienne dans la Syrie voisine, à moins qu'il s'agisse du billet rose de 5 000 livres que je tenais plié dans la main, toujours est-il que le concierge, une fois le bakchich versé, m'autorisa à monter à condition que je ne reste pas plus de cinq minutes, soit le nombre de doigts qu'il me présentait lui aussi, en alternance avec son poignet où je devais deviner la présence d'une montre virtuelle. Mille livres la minute me sembla un brin excessif, mais je n'étais pas en position de négocier et me contentai donc de porter la main sur mon cœur en signe de remerciement. Le gardien tira de sa poche un lourd trousseau et en détacha une clef, qu'il me remit.

Je gravis quatre à quatre les étages et fis jouer la clef dans la serrure, laquelle me résista de longues secondes avant de céder, aidée d'un coup d'épaule bien senti et que n'aurait pas renié mon sergent instructeur. Je pénétrai dans un vestibule carrelé et crasseux sur lequel mes semelles de crêpe adhéraient. À ma droite se trouvait la salle de bains, la baignoire encore dissimulée derrière un rideau en lambeaux, cette même salle de bains où Philby s'était ouvert le crâne quelques jours seulement avant sa fuite, un soir de beuverie comme il avait coutume d'en vivre, de plus en plus souvent à mesure qu'il avait senti l'étau se refermer sur lui. Je traversai le double salon désert, marchant çà et là sur de vieux journaux en arabe qui, à en croire les photographies figurant des hommes armés, vêtus des uniformes de leurs milices respectives, dataient des années de guerre. J'essayai de me représenter cette vaste pièce aujourd'hui désolée, remplie du butin des voyages du couple Philby au Moyen-Orient et telle que décrite par Eleanor dans son livre : des tapis orientaux, des tableaux, des trésors archéologiques et de nombreuses sculptures. J'obliquai à gauche, vers la cuisine où l'évier au style daté était probablement le même que du temps des Philby, qui y lavèrent les innombrables verres de whisky qu'ils avaient avalés au cours de leur séjour. Puis je me dirigeai vers le balcon semi-circulaire dont la porte-fenêtre en accordéon ne tenait plus qu'à la moitié de ses charnières. Étant donné le panorama qu'il offrait, tout portait à croire que l'appartement avait été réquisitionné pour être reconverti en poste de tir, du moins si j'en jugeais par les quelques étuis de 7,62 mm qui jonchaient encore le sol. J'en ramassai un machinalement que je remisai dans la poche de mon pantalon. Me tenant à la frêle rambarde piquée de rouille, je contemplai les vieux palais ottomans en état de délabrement avancé et cernés par les nombreuses tours d'habitation, pour la plupart vides, qui poussaient frénétiquement dans la ville jusqu'à former une affreuse muraille de béton masquant la mer.

Comme le concierge ne m'avait laissé que quelques minutes, je sortis le reflex de mon sac à dos pour photographier les différentes pièces de l'appartement. Je capturai tous les points de vue depuis le balcon, afin de pouvoir en reconstituer le panorama complet. Alors que j'appuyais une dernière fois sur le déclencheur, le concierge frappa à la porte et, me désignant la montre toujours virtuelle à son poignet, me fit comprendre qu'il était temps pour moi de quitter les lieux. Je m'exécutai sans discuter, comptant revenir au plus vite, cette fois avec un billet affichant un zéro supplémentaire.

De la photographie comme machine à remonter le temps

Le lendemain, je me rendis à la première heure chez un photographe pour y faire développer mes clichés de l'appartement de Philby. En chemin, désirant acheter *Le Monde*, dont je ne pouvais espérer au mieux que l'édition de l'avant-veille, décalage que Philby m'aurait envié, le quotidien français étant, selon ses dires, celui dont la lecture lui manquait le plus à Moscou, je marquai une pause à L'Ingénieur, profession qu'avait exercée par le passé le propriétaire de ce kiosque à journaux qui occupait désormais ses journées en installant, sur la devanture de sa boutique et au moyen d'un savant système de suspensions et de pinces à linge multicolores, la quasi-exhaustivité de la presse disponible dans le pays. L'ingénieur se tenait généralement assis à l'intérieur de son échoppe, où se trouvait le reste de sa marchandise, en compagnie de quelques amis autour d'un café, et consultait rarement les informations régionales, lesquelles n'annonçaient que de sinistres nouvelles, au mieux la stabilité du marasme ambiant. Je le saluai et acceptai la tasse fumante de café turc qu'il me tendit. Tout en prenant garde de ne pas me mettre du marc plein les dents, j'avisai un présentoir-tourniquet que je n'avais pas repéré jusque-là. Je le fis pivoter et tombai sur des cartes postales aux bords dentelés et aux teintes Kodachrome, la plupart datant du milieu des années 1960 et qui reproduisaient les vues les plus célèbres de la ville, la corniche, les hôtels, les clubs nautiques, ses principaux bâtiments et monuments. J'en sélectionnai une dizaine et les tendis à l'ingénieur. Alors qu'il les passait lentement en revue, je détectai dans ses yeux un voile de nostalgie, lui qui avait contribué à moderniser et bâtir son pays, lequel peinait toujours à se relever d'une terrible guerre qui avait pourtant pris fin dix ans plus tôt. Comme je lui demandais le prix des cartes, il les glissa dans mon exemplaire du *Monde*. Cadeau, me dit-il, avec son beau sourire mélancolique.

Mon journal et mes vues d'époque en poche, je pris le chemin du studio de photographie pour y déposer ma bobine de film. On me proposa de les développer sur-le-champ et je fus de nouveau invité à patienter en buvant un café. Au-dessus de la caisse, comme dans la plupart des commerces, trônait le portrait du fondateur de l'établissement, une photo aux couleurs passées avec moustaches et rouflaquettes de rigueur. Après avoir fait le tour des mariées surmaquillées et des poupons enrubannés exposés sous verre, mon regard fut attiré par une impressionnante collection de disques 33 tours alignés derrière la vitre poussiéreuse du comptoir. Comme l'ingénieur et de nombreux autres commerçants du pays, le photographe conservait dans ses vitrines des objets hors d'âge et d'usage, sans que l'on sache s'ils étaient là pour être vendus, attendaient d'être bazardés ou servaient de décoration. Je fis glisser mon doigt le long de la vitre – beaucoup de musique classique, du folklore arménien, de la disco locale – et m'arrêtai sur un exemplaire d'*On the Beach* de Neil Young, l'un des albums les plus fameux du Canadien et qui n'avait jusque-là toujours pas été réédité. Continuant mon parcours horizontal, entre une intégrale de Richard Clayderman et les plus grands succès de Julio Iglesias, je repérai le *Rock Bottom* de Robert Wyatt. Enfin, quelques Demis Roussos plus loin, je tombai sur le rarissime *No Other* de Gene Clark. Bien que n'ayant pas de platine dans mon modeste appartement (je ne disposais alors que du lecteur de cassettes que m'avait remis l'adjudant-chef Niverolle, un modèle homologué par l'armée qui n'en bouffait pas moins les bandes magnétiques, voire les effaçait, devant des soldats hilares qui ne manquaient pas une occasion de me faire remarquer que leurs camarades suivaient dans la pièce à côté des cours d'anglais dispensés par des officiers américains, lesquels avaient débarqué dans un convoi de 4 × 4 rutilants et chargés de matériel dernier cri), en dépit donc de l'appareil idoine, je demandai si ces disques étaient à vendre. « Une partie seulement », me répondit le sibyllin photographe, sans plus de précisions. Je cherchais dans sa tenue et son attitude un indice susceptible de me mettre sur la piste, mais rien ne me permit de l'identifier formellement comme un mordu de variété ou un féru de rock *seventies*. Aussi lui désignai-je à toutes fins utiles les trois qui m'intéressaient. Les auscultant avec le soin qu'aurait mis un horloger suisse pour examiner une pendule du XVIIIe siècle, il me demanda combien j'étais prêt à mettre. Je lui montrai deux billets de 20 dollars. Le visage du septième président des États-Unis dérida celui du vendeur, qui me tendit les disques cependant que son assistant me remettait mes tirages.

De retour chez moi, je déposai les albums sur mon bureau et constatai en scrutant le verso des pochettes que ces trois chefs-d'œuvre, que je rangeais dans la catégorie des disques « malades » – « convalescents », rectifierait des années plus tard un ami –, étaient sortis en 1974, soit la dernière année de paix au Liban, comme si, feignis-je de croire, ces trois artistes avaient pressenti la catastrophe, ce que beaucoup de journalistes – et d'espions – avaient échoué à faire, plus encore à éviter. J'ouvris ensuite l'enveloppe contenant les tirages noir et blanc de l'appartement de Philby. Contrôlant leur qualité, je me réjouis de n'avoir apparemment pas perdu la main, puisque toutes les photographies, à l'exception de celles de la salle de bains, étaient nettes et correctement exposées. À ma demande, le photographe avait tiré des agrandissements au format 15 × 21 que j'entrepris de punaiser sur les murs de mon salon. Sur celui de droite, je disposai ceux de l'appartement du couple Philby, celui de gauche me servant à recomposer le panorama visible depuis leur balcon. Une fois la reconstitution achevée, je m'assis sur mon unique fauteuil et contemplai le montage, m'interrogeant sur ce que je pourrais bien faire de ce Beyrouth miniature affiché sur mes murs. J'éprouvai alors l'embarras de David Hemmings dans *Blow-Up*, dont j'avais copié la garde-robe lorsque j'étais étudiant. Imitant le photographe joué par l'acteur, je scrutai les tirages au moyen d'une loupe, en l'occurrence celle minuscule que renfermait mon couteau suisse et dont j'avais douté qu'elle pût m'être un jour d'un quelconque secours. Je recherchai un détail caché qu'aurait capté mon appareil à mon insu, mais, à la différence du personnage d'Antonioni, je ne découvris aucune scène de crime ou secret enfoui.

Ce n'est qu'une semaine plus tard que je résolus l'impasse dans laquelle je m'étais enfermé. Je tombai sur un livre de photographies qui mettait en regard des clichés du centre-ville durant la guerre avec ce qu'il était devenu au début du nouveau millénaire, soit un décor de cinéma endormi, calme et tranquille, avant de très vite muter en Disneyland à la sauce orientale, avec café à narguilés et serveurs en tarbouche, employés de restaurants hors de prix proposant des cuisines du monde entier.

Le lendemain, je découpai tant bien que mal dans le livre, avec la paire de ciseaux du couteau suisse, les photos des quartiers jouxtant celui de Philby, que je punaisai en miroir de celles que j'avais prises. Enfin, je complétai le tableau avec les cartes postales dentelées achetées chez l'Ingénieur. Je pouvais ainsi me figurer ce que Philby lui-même voyait depuis son balcon-vigie. Sur la gauche, se trouvait selon toute vraisemblance l'ancien bâtiment de l'ambassade britannique. La légende de la photo m'apprit que jusqu'à ce que le Royaume-Uni déménage en 1960 dans un nouveau bâtiment sur la corniche, c'était le cœur des opérations du MI6 au Moyen-Orient. Je cherchai au coin le Joe's Bar où Philby passait une partie de son temps, mais échouai à le localiser. Sans doute avait-il disparu. En revanche, l'hôtel Saint-Georges était là. On le sait, c'est au bar de ce mythique établissement moderniste conçu par un disciple d'Auguste Perret que Philby avait rencontré Eleanor. Et c'est du standard de l'hôtel que Philby l'appela le 23 janvier 1963 en fin d'après-midi pour la prévenir qu'il serait en retard à la réception où ils étaient attendus, et à laquelle il ne se présenta jamais. C'est également au Saint-Georges qu'un certain Johnny Hallyday vit arriver quelques jours plus tôt des gendarmes le priant de renoncer à son concert prévu au Théâtre du Liban, en vertu de l'arrêté du ministre de l'Intérieur, Kamal Joumblatt, interdisant le twist. S'il n'est pas défendu de supposer que l'idole des jeunes ait pu croiser celle du Komintern, on peut sans risque penser que la défection de Philby était sans lien avec l'ambiance twistophobe qui régnait alors à Beyrouth.

Sur le cliché découpé dans le livre que j'avais acheté, le Saint-Georges trônait fièrement sur le front de mer. La photographie que j'en ai prise cinquante ans plus tard témoignait quant à elle de la violence des combats pendant la guerre civile, en particulier durant la célèbre bataille des hôtels en 1975-1977 dans le quartier de Minet el-Hosn, qui fut l'un des premiers fronts de la guerre et au cours de laquelle les milices s'affrontèrent au lance-roquette et à l'artillerie de mortier, mobilisant également des snipers de sinistre mémoire, le visage masqué, pointant leur fusil à lunette à travers les rideaux des chambres désormais vides. Durant ces deux années, les hôtels de la corniche changèrent souvent de main, parfois plusieurs fois la même journée. Ma photo du Saint-Georges montre sa structure décharnée par les combats et sa façade recouverte d'une immense bâche frappée d'un panneau octogonal rouge, sur lequel le message « Stop Solidere », du nom de la société privée en charge de la reconstruction du centre-ville, avait été imprimé, le propriétaire criant ainsi son opposition à l'entreprise de BTP appartenant au Premier ministre d'alors, différend qui avait pour conséquence de bloquer la rénovation du célèbre établissement. Plus à gauche se dressait l'hôtel Normandy, depuis disparu, l'autre QG de Philby, au bar duquel il avait ses habitudes.

À droite se trouvait l'ancienne résidence de l'ambassadeur britannique, rue Zarif. La magnifique demeure appartenait désormais à un organisme de bienfaisance, mais servait encore de résidence officielle. Je constatai que le siège de la diplomatie britannique et la maison de son représentant se situaient sur une ligne continue, au centre de laquelle vivait l'agent qui la trahirait.

Une fois la topographie de la ville reconstituée sur les murs de mon appartement, je commençais peu à peu à me projeter dans le Beyrouth de l'époque de Philby, le reconstituant mentalement à partir de ses bâtiments défigurés et de ses quartiers transformés. Je remarquai qu'à bien des égards le fantasme de Beyrouth demeurait ce qu'il y avait de plus durable dans cette ville qui, comme beaucoup d'autres, a été construite sur des illusions. Philby lui-même avait contribué à sa légende en tant qu'espion. Si je regrettais de ne pas déambuler dans ses pas, ni dans ceux de mes ancêtres, je comprenais que trop voir leur ville pourrait dissiper les plaisirs de ma rêverie. Reste que j'éprouvais l'étrange impression, une forme de connaissance confuse et irraisonnée, que quelque chose en moi appartenait d'une façon ou d'une autre à cette région du monde, le Proche-Orient, et singulièrement à la ville de Beyrouth.

Comment la pêche à la dynamite et la boisson font mauvais ménage

À mesure que mon service militaire approchait de son terme, le rythme de mes cours et la concentration de mes élèves se relâchaient. J'en profitai donc pour essayer de glaner çà et là quelque information susceptible d'intéresser mes supérieurs et ainsi tester mes aptitudes de maïeuticien du renseignement.

Une fois mes heures de cours expédiées sur la base navale, je passais le plus clair de mon temps dans le bureau de l'amiral plutôt qu'au club des officiers, lequel se résumait à un restaurant ouvert sur la piscine des bains militaires, où des cadors crawlaient entre deux séries de pompes, distraction qui me laissait autant songeur que de marbre. Je retrouvais l'officier borgne dans son antre dont il ne sortait presque jamais. Rien dans la pièce n'aurait pu renseigner un éventuel visiteur sur le rang de mon hôte. Son bureau n'était habillé que d'une carte du littoral punaisée au mur, carte que je ne pouvais m'empêcher de juger un brin sommaire étant donné le lieu où nous nous trouvions – sans doute était-elle là dans un but plus décoratif que militaire –, et de stores à lames partiellement édentés dont la couleur crème brunissait à vue d'œil sous l'effet de l'épaisse fumée qui restait en suspension dans la pièce, et qu'un bruyant ventilateur aux pales couvertes de poussière peinait à disperser. Les tiroirs du bureau renfermaient bien quelques dossiers contenant divers papiers, mais il était rare que je visse l'amiral les sortir et, à plus forte raison, les consulter. De temps à autre, le vaguemestre de la base, un type court et large aux gros mollets, venait lui remettre un ou deux courriers, qui finissaient invariablement leur course dans l'un des tiroirs que l'officier repoussait sans avoir pris la peine de décacheter les enveloppes. Je ne m'en étonnai pas outre mesure, sachant par expérience que l'institution militaire a une forte tendance à compenser son proverbial mutisme pas une profusion d'écrits.

Un jour que j'étais assis dans le bureau de l'amiral, que je lui faisais face sur une chaise couverte d'un skaï kaki et tirais une cigarette de mon paquet, l'officier me jeta un coup d'œil à la fois interrogatif et réprobateur. Déposant son avant-bras en PVC sur le bureau métallique, il alluma à son tour une cigarette tandis que la précédente finissait de se consumer dans le gros cendrier à bouton-poussoir d'où s'échappaient de fuligineuses fumerolles, puis lâcha un laconique : « Mauvais pour la santé. »

Sa remarque me laissa un instant coi. Bien qu'en ce temps-là les paquets fussent encore dépourvus de mention ou de photo alertant les fumeurs sur la nocivité du tabac, ou alors de façon si discrète qu'il convenait de se munir d'une loupe, nul n'en ignorait plus les dangers.

« Je vous demande pardon, dis-je hébété, manquant me brûler les doigts avec une allumette que je soufflai *in extremis*.

— Hier, vous fumiez des Vantage, n'est-ce pas ? Ce n'est pas bon pour la santé de changer ainsi de marque », m'assura-t-il, l'air las, en exhalant sa fumée par les narines.

Malgré son œil gauche infirme, mon inconstance nicotinique ne lui avait donc pas échappé. Indécis en toutes choses, je passais, on le sait, sans vergogne et au gré de mes humeurs des Rio aux Merit ou aux Embassy Regal, ne limitant mes choix qu'aux paquets souples. (L'une des rares choses que m'aura apprises l'armée est que, comprimées dans une poche, les cigarettes d'un paquet en papier se courbent quand celles d'un paquet cartonné se cassent. La souplesse, donc.)

Ainsi l'amiral goûtait-il peu ma versatilité tabagique. Il insista de nouveau sur les risques inconsidérés que je prenais à changer de marque comme de chemisette à épaulettes, me confirmant pour appuyer son propos que son médecin – un grand professeur, précisa-t-il, comme je m'y attendais et comme si j'avais pu en douter – était formel sur ce point. Lui-même était d'une fidélité sans faille aux Gauloises blondes légères, qu'il fumait à la chaîne en regardant de son œil valide le téléviseur noir et blanc posé sur un tabouret en plastique dans un coin de la pièce et qui diffusait invariablement la même chaîne, consacrée à la chasse, à la pêche et à toutes ces activités vaguement sportives consistant à dégommer méthodiquement un maximum d'animaux. J'apprendrais plus tard que, passé une certaine heure, cette chaîne très populaire ici, en particulier chez les militaires, programmait, du moins les stations pirates qui en assuraient la diffusion, des films pornographiques. Le camouflage idéal en somme, d'autant que ces prédateurs d'animaux de toutes sortes avaient ceci en commun avec les soldats de partager un goût pour le kaki, de ne jamais se déplacer sans une arme et, à l'instar des acteurs des films susmentionnés, de traiter les femmes avec très peu d'égards.

On le sait, mes élèves étaient des marins contraints de rester à terre faute d'embarcations à bord desquelles ils eussent pu prendre la mer. Certes, la Méditerranée ne constituait en rien une menace. Le danger venait principalement du ciel que traversaient à fréquence plus ou moins régulière des chasseurs-bombardiers israéliens, qui passaient au-dessus de nous le mur du son dans un fracas assourdissant, détonations qui ne surprenaient plus grand monde, si ce n'est qu'elles annonçaient généralement l'un de ces fameux « regains-de-tension-à-la-frontière-sud-du-pays ». L'armée de l'air locale ne faisait pas le poids et sur la base navale l'équipement n'était pas plus reluisant. Seuls quelques Zodiac dépérissaient au soleil quand ils ne servaient pas à de vains exercices en mer, le long de la côte, jamais bien loin, auxquels prenaient part quelques jeunes recrues pour qui l'armée était le dernier refuge s'ils voulaient éviter la case chômage. Je les regardais manœuvrer péniblement leurs pauvres embarcations sous la supervision d'un gradé qui beuglait ses ordres dans un mégaphone d'où ne sortaient que des crépitements inaudibles. Ici, la mer tenait lieu de désert que des soldats désarmés prétendaient surveiller. À regarder ces pauvres bougres sur leurs coques de noix, je ne pouvais m'empêcher de penser au lieutenant Drogo, confronté comme ces hommes à l'absurdité de la guerre et au piège du temps qui passe face à ce *Désert des Tartares*, livre que j'ai découvert très jeune, le premier roman « adulte » que j'ai lu et qui m'aura profondément marqué.

Mon utilité étant tout aussi relative que l'existence d'une base navale sans navire, je passais donc de longues heures à boire du café et à fumer dans le bureau de l'amiral, dont la principale activité, sinon la seule, consistait à servir de caution musulmane dans cette base essentiellement composée de soldats et d'officiers chrétiens, et, dans une moindre mesure, à pousser quelques gueulantes à l'occasion. Il profitait de ma présence pour parler français, langue qu'il maîtrisait mieux que moi, devais-je reconnaître, lui qui ne perdait jamais une occasion, de son accent rugueux et de son ton martial, de corriger le mien. « *Amiral*, c'est un mot qui vient de chez nous, vous savez, et qui signifie le commandant de la mer », se plaisait-il à me rappeler avec sa tête de pirate et son allure de gros scarabée.

Au fur et à mesure de nos discussions enfumées, j'avais peu à peu gagné sa confiance. Il me faisait le récit de ses faits militaires qui lui auraient coûté, en plus de son œil gauche, son avant-bras de ma portée : le voyage à Beyrouth d'Anthony Blunt, le quatrième homme de Cambridge, en décembre 1962, au cours duquel il aurait averti son ami de son arrestation imminente, alors qu'il séjournait supposément dans le pays à la recherche d'un spécimen d'orchidée verte qui, si elle pousse en Écosse, est en revanche introuvable sous les latitudes méditerranéennes. Je parvins à obtenir le contact de James Hanning qui, avec une élégance toute british, se confondit en excuses : « *I'm deeply sorry, what can I do for you ?* » Je lui répondis qu'une invitation dans le pub de son quartier ferait agréablement l'affaire, libéré que j'étais de ce livre sur Philby qui n'était au fond qu'un prétexte pour parler de Beyrouth et de ce Proche-Orient qui ne me quitte pas.

À la question de savoir quel serait son plus grand malheur, Proust avait répondu : « Ne pas avoir connu ma mère ni ma grand-mère. » J'éprouve pour ma part le malheur de ne pas avoir connu ma grand-mère. Il m'aura fallu plusieurs années pour écrire ce livre, écrire, soit ce que Georges Perec définissait comme l'art d'« essayer méticuleusement de retenir quelque chose, de faire survivre quelque chose : arracher quelques bribes précises au vide qui se creuse, laisser, quelque part, un sillon, une trace, une marque ou quelques signes ». C'est ce que je me suis efforcé de faire, assis à ma table de travail où repose un cendrier syrien en cuivre au fond duquel est gravé en arabe le mot « صبرا », *patience*, cendrier qui me vient de mon arrière-grand-père Léandre qui l'avait rapporté de Syrie. C'est dans ce cendrier, m'a-t-on dit, que le regard de ma grand-mère se perdait souvent durant son « exil » français et où elle cherchait la force de tenir et qui peut-être l'y a aidé. Achevant ce livre, je peux enfin laisser place à un état qui m'avait été jusque-là étranger, imitant ma grand-mère : la patience.

Ouvrages cités

François Thureau-Dangin, Édouard Dhorme, « Cinq jours de fouilles à 'Ashârah (7-11 septembre 1923) », *Syria*, tome 5, fascicule 4, 1924.

Albert Londres, *Excelsior*, 27 décembre 1919.

Agatha Christie, *La Romancière et l'Archéologue*, Paris, Payot, 2006.

Jérôme et Jean Tharaud, *Alerte en Syrie !*, Paris, Plon, 1937.

Karl Baedeker, *Palestine et Syrie*, Leipzig, Baedeker, 1912.

Joris-Karl Huysmans, *En route* [1895], Paris, Gallimard, « Folio classique », 1996.

Joseph Kessel, *En Syrie* [1927], Paris, Gallimard, « Folio », 2014.

Kim Philby, *Ma guerre silencieuse*, Paris, Robert Laffont, 1968.

Roger de Gontaut-Biron, *Sur les routes de Syrie après neuf ans de mandat*, Paris, Plon, 1928.

Gertrude Bell, *The Desert and the Sown*, First Cooper Square Press Edition, 2001, chap. XIV.

Annemarie Schwarzenbach, *De monde en monde. Reportage 1934-1942*, Paris, Zoé, 2012.

Victor Chapot, « D'Alexandrette au coude de l'Euphrate (Syrie du Nord et Mésopotamie occidentale », *Le Tour du monde*, vol. XI, n° 12, 25 mars 1905, p. 133-144, cité par Cosima Flateau dans *Du « Petit Paris du Levant » à l'« Alsace-Lorraine de la Turquie » : le sandjak d'Alexandrette entre enjeux stratégiques et identitaires (1860-1945)*.

Christine Trivulce de Belgiojoso, « La vie intime et la vie nomade en Orient, souvenirs de voyage », *La Revue des deux mondes*, 1er avril 1855.

Pierre Benoit, *La Châtelaine du Liban*, Paris, Albin Michel, 1924.

Dictionnaire de la conversation et de la lecture : inventaire raisonné des notions générales les plus indispensables à tous.

Eleanor Philby, *Femme d'espion*, Paris, Presses de la Cité, 1968.

Cet ouvrage a été composé
par Soft Office à Eybens (Isère)
et achevé d'imprimer en France
par CPI BUSSIÈRE (18200 Saint-Amand-Montrond)
pour le compte des Éditions Stock
21, rue du Montparnasse, 75006 Paris
en décembre 2023

PAPIER CERTIFIÉ

Stock s'engage pour l'environnement en réduisant l'empreinte carbone de ses livres. Celle de cet exemplaire est de :
500 g éq. CO_2
Rendez-vous sur www.editions-stock-durable.fr

Imprimé en France

Dépôt légal : janvier 2024
N° d'édition : 01 - N° d'impression : 2075201
62-51-9814/4